新农村歌谣集锦

裘樟鑫 主编

浙江工商大学出版社

本书编委会

主　编　裘樟鑫
副主编　朱　樵　朱建敏
编　委　（按姓氏笔画为序）
　　　　朱　樵　朱建敏　吴新鸿
　　　　海　嘉　黄浴宇　裘樟鑫

前　　言

　　歌谣来源于劳动人民的生产劳动和生活，是劳动人民的口头诗歌创作，是民间文学的宝贵组成部分。它不但是劳动者生产、生活的生动写照，同时还表达了普通老百姓的情感和内心世界，在通俗易懂的字里行间浓缩了人们的喜怒哀乐。

　　歌谣是我国最为古老、最易流传、最为普及也最受群众喜爱的民间口头文学。说其古老是因为它在文字出现之前就诞生了，通过口耳相传，经历了多少个岁月轮回，朝代更迭，一代又一代地传承了几千年，它伴随着我们的民族从远古一直走到了今天。

　　不同的历史时期，会产生不同的歌谣，而不同时代的不同歌谣却有着一个共同的特点，那就是它大都是发自人民的心声，反映着人心的向背，抒发着百姓的爱憎，体现着群众的审美情趣，渗透着社情民意。"饥者歌其食，劳者歌其事。"（《诗经·国风》），所以《古谣谚》（清刘毓崧）云："上山下山问渔樵，要知民意听民谣。"因此，人们又把歌谣称为"天籁之声"。按现在流行的说法，或可称之为原生态的民歌。

　　近年来，随着我国社会经济的持续快速发展，新农村建设、生活形态、文化生态发生了巨大的变化。新时期的新农村歌谣，既是新农村新面貌、新风尚、新情感的生动反映，也是新农村文化建设的"快速反应部队"，不少乡镇还出现了"新歌谣村"。

本书以新农村歌谣为主，追溯及民俗特色浓郁并经世代锤炼和传承、具有强大生命力的传统民谣，体现中华民族的性格精神和文化创造。正如一首歌谣里唱的："当地球都市化了，人们到哪里去寻找乡土啊，我的乡土歌谣啊，就是子孙的精神家园。"

根据歌谣咏唱的内容和"三农"的特点，本书分为三篇：农村篇、农业篇、农民篇。

农村篇分建设风貌歌谣、乡情风俗歌谣、乡俚生活歌谣和勤政廉政歌谣。内容丰富，既有对农村建设新风貌的歌颂，又有学习实践科学发展观的体验；既有非物质文化遗产的魅力，又有乡俚生活的情趣和酸甜苦辣，尤其是新兴起的打工歌谣。

农业篇分农作歌谣、劳动歌谣和二十四节气歌谣。"劳动"是歌谣中的重要主题，也是歌谣产生的原动力，更是文艺创作不朽的土壤，是对中华民族勤劳品格的礼赞。虽然有的劳作，比如"犁田"、"打夯"之类，大多已为现代农机具或先进机械所替代，但是"务农人家真叫甜"的欢乐，还是值得共享的。

农民篇分道德风尚歌谣、爱情婚姻歌谣、卫生健康歌谣和儿童歌谣。从幼儿唱的《摇啊摇》到老人哼的《现代长寿歌》，从抒情的《情歌》到警世的《孝道歌》，历史地、多方位地展示新农民丰富的感情生活。

编撰中的错讹、不当之处，敬请读者指教。

裘樟鑫

2011 年国庆节于杨柳湾

目　录

农　村　篇

一、建设风貌歌谣 ················ 3

二、乡情风俗歌谣················ 21

三、乡俚生活歌谣················ 34

四、勤政廉政歌谣················ 63

农　业　篇

一、农作歌谣····················· 83

二、劳动歌谣····················· 89

三、二十四节气歌谣············ 99

农　民　篇

一、道德风尚歌谣 ··········· 105

二、爱情婚姻歌谣 ··········· 146

三、卫生健康歌谣 ············ 165

四、儿童歌谣 ················· 186

一、建设风貌歌谣

新村新貌　乡村文化新歌　和谐乡风　生产发展　生活富裕　乡风文明　村容整洁　民主管理　城乡一体　农家超市　农村新貌（2首）　一日一个新花样　推进新农村建设　加强组织建设　落实计划生育　农家欢歌　新农村建设五字歌谣　嘉善田歌（3首）　新歌儿唱新貌儿　农村新气象　乡村宝地　新政惠农歌　三农歌　惠民政策好　政策不变　农家乐（4首）　科技兴农　培养新型农民　农变工　网上行　网上农场　我的乡村我环保　沼气是个宝　生态沼气歌谣（3首）　田园乐　村村通　田畈路　新旧塍头歌谣　新旧东湾歌谣　农村住房谣　山村新貌　江南好　吴越文明

二、乡情风俗歌谣

正月正　元宵歌　花朝谣　三月三　清明谣　端午歌（6首）　六月六　七月七　中秋谣　重阳歌（2首）　腊月歌谣　日头歌　月亮歌　夏九九歌　十二月歌　打工十二月歌　十二生肖歌谣（4首）　四大传说歌　十二月花名唱梁祝　白蛇山歌

农村篇

三、乡俚生活歌谣

看雾测天歌（2首） 月雾谣 花开歌 蔬菜谣（2首） 荸荠歌 花儿谣 果子谣 花果谣 竹乡歌（2首） 人老何不转少年 手挽手 光棍谣 小歌班 天上一颗星 逢熟吃熟 做寿歌 接新妇 山歌谣（4首） 养儿谣 喊人不蚀本 东天头 畲乡山歌 十富谣 富春江谣 楠溪果木谣 唱歌好地方 家园歌谣 新潮爷爷 手机歌 农民工 打工歌谣（3首） 打工兄弟 老板兄弟 人在江湖 姐，你在家乡还好吗 我在南方 打工的兄弟姐妹 曾经的朋友 只想听听你的声音 你的目光 期待 你过得不容易 曾经 打工的生活 邻家女孩 娃在南方 股市新歌谣 坚强活着 房奴之歌

四、勤政廉政歌谣

科学发展观歌谣（3首） 科学发展新歌谣（15首） 学习实践科学发展观三字经（5首） 法制歌谣（5首） 普法四字经 风气歌 扯皮歌谣 为官须清廉 廉政歌 反腐倡廉歌 反贪歌

农村篇

一、建设风貌歌谣

新村新貌

中央号召如春风，农村建设火样红。
生产发展是关键，生活宽裕春意浓。
乡风文明新气象，村容整洁百花荣。
民主管理民做主，家园和谐乐无穷。

乡村文化新歌

绿野翻新红绸飘，农村渐热文化潮。
产业文化正兴起，民间文化热浪高。
公共文化扩容快，琴棋书戏有辅导。
先进文化新亮点，亿万农民在创造。

和谐乡风

生产发展迈大步，亿万农民奔小康。
文明乡风谱和谐，人与自然同兴旺。

城乡一体农家乐，村容整洁庭院香。
集体经济拓发展，民主管理实力强。

生 产 发 展

天上不会掉馅饼，勤俭发家最光荣。
应用科学快致富，生产经营一条龙。
瞄准市场兴产业，笑看今朝新富农。

生 活 富 裕

窗明几净新楼房，彩电空调和冰箱。
吃讲营养用高档，出门坐车好风光。
电脑学习多乐趣，又可享受又健康。

乡 风 文 明

邻里团结相关照，有事商量礼为先。
帮贫扶困助人乐，遵纪守法护平安。
家家都争文明户，共建美好新家园。

村 容 整 洁

房前屋后要干净，多讲卫生少疾病。
垃圾不要随处倒，栽花种树讲美观。
爱护环境都有责，人人动手就不难。

民 主 管 理

若要建设新农村，村民个个是主人。
村务公开都知晓，一事一议大家评。
积极参与作贡献，一枝一叶总关情。

城 乡 一 体

新网工程掀高潮，规模宏大档次高。
超市便民连锁店，各具特色换新貌。
日用百货土特产，城市乡村都需要。
熠熠网络惠万家，百姓欢乐喜眉梢。

农 家 超 市

昔日粮盐不同店，如今超市货琳琅。
食衣行用万千种，卡代钞票筐自装。

农 村 新 貌

（一）

痰不乱吐屑不乱扔，花草树木精心养护。
革除陋习破除迷信，奉献社会共创文明。

（二）

文化广场锣鼓喧天，科技大院孜孜不倦。
村庄美化连线成片，仿佛城市生活画卷。

一日一个新花样

阿炳造起新洋房，阿毛买了电冰箱。
阿龙有了"哒哒响"，阿虎家里电话装。
村上吃水拧龙头，还要办个游乐场。
嗨，如今农村里，一日一个新花样。

推进新农村建设

生产发展是基础，生活宽裕心意足。
乡风文明尚淳朴，村容整洁新面貌。
村务管理讲民主，群众权益要保护。
乡村建设掀高潮，又好又快谋幸福。

加强组织建设

基层班子要加强，三级联创一齐上。
选准配强领头雁，后备力量重培养。
党员结构要改善，阵地建设不能忘。
健全机制严管理，选准路子奔小康。

落实计划生育

计生工作不放松，基本国策记心中。
多子多福观念旧，恶性循环一世穷。
生男生女都一样，少生快富最光荣。

农 家 欢 歌

种地不用交公粮，年年都能领补助。
又打井来又修渠，水泵管子全配齐。
家家喝上自来水，村村通上水泥路。
安居乐业生活好，感谢恩人共产党。

新农村建设五字歌谣

站在新起点，树立新风貌。
三清又三改，环境更美了。
再树新理念，打破旧思维。
移风又易俗，陋习不见了。
确立新标准，一步一台阶。
长远作规划，持续发展了。
展示新形象，大步朝前走。
选择好产业，三农兴旺了。
追求新业绩，前景无限好。
全民齐创业，幸福享到老。

嘉 善 田 歌

（一）

两岸种树又栽秧，万亩稻田翻金浪。
千家万户电灯亮，牛羊成群鱼满塘。

（二）

侬听田野一片机器声，
责任田里翻起春泥黑油油。
村里办企业上班自行车踏来飞飞快，
好比西子湖边上来旅游。
校园传来琅琅读书声，
阿拉村里小囡乖来门门成绩九十九。
侬看湖里荡里鹅鸭成群嘎嘎叫，
金红鲤鱼开心得来也在水里翻跟斗。
侬看新房子屋角尖尖七玲珑，
雕花栏杆要比呀杭州楼外楼。

（三）

侬看家家户户粮食堆得像山丘，
祝酒歌唱仔三日三夜不罢休。
侬看送粮船队一艘接一艘，
南湖渡口排起一直排到大洋洲。
侬看老婶妈越活越风流，
常到文化中心跳老年迪斯科。

那好日子好比甘泉淋浴，
头上甜起一直甜到脚跟头。
欢迎五湖四海国际好朋友，
到阿拉村里看一看走一走。

新歌儿唱新貌儿

树林儿的鸟儿成双对儿，
小河里的鹅鸭儿嬉碧水儿。
羊羔儿跪地吸奶嘴儿，
小花狗儿在坡上驴打滚儿。
村村通把城乡连一体儿，
富民政策叫人分不清城市和农村儿。
蓝天碧水绿树掩映青砖红瓦大房子儿，
囍字正贴福字倒挂春联有诗意儿，
一日三餐鸡鸭鱼肉绿色食品不离席儿。
播种机插秧机大汽车小四轮儿，
种地再也不用牛马力犁儿。
一号文件惠农政策减免这税儿那费儿。
养老有保险大小病有保障儿，
不再是做梦娶媳妇儿。
大学生村官来任职儿，
把先进的理念带进了咱乡村儿。
读书看报上网农家书屋挤满了人儿，
在家办工厂出门打工去儿。
农闲时候不再聚堆搓麻将闲扯皮儿，
村口广场跳跳排舞唱唱戏儿。

夕阳西下夜幕已降临儿，
锣鼓喧天唢呐声声震撼了满乡村儿。
大姑娘小伙儿老太太老头儿，
扭秧歌划旱船眉飞色舞看那精气神儿。
谁家有个小情大事跑跑颠颠随个礼儿，
一家有难大家帮从来不打嗝儿。
家家有存款村村有储蓄儿，
家庭和睦邻里和谐民风淳朴民心顺畅儿。
这就是咱们社会主义的新农村儿！

农村新气象

漫山红遍又是收获季节，
放眼展望新景象。
那沉甸甸的稻穗金灿灿的黄，
再也掩不住心底的欢。
改革开放三十年，
叫山村梦幻般变了模样。
从传统耕作到现代农业，
从残垣断壁到小楼洋房，
古老的村庄犹如凤凰涅槃。

古树老井，
道不尽岁月的沧桑。
联产承包解决了温饱，
家庭作坊充实了腰包。
进城务工释放出无穷的能量，

城乡统筹是战略的决断，
土地流转指明新的方向。

谁还说这里是穷乡僻壤，
君不见车来车往，
千万农民驰骋在商业的海洋。
谁还说这里土气寒碜，
君不见俊男靓女，
足以引领潮流的风尚。

翻天覆地的巨变，
最是社会主义农村的新气象。
日夜不停的歌唱，
就是社会主义农村的新篇章。

乡 村 宝 地

一年年瑞雪啊一阵阵雨，爱不够被滋润的肥沃土。
高粱映红了庄稼汉的脸，苞米秆吐穗热旺了夏季。
拖拉机欢笑在田埂上跑，运不完咱丰收的好消息。
新农村新景象新的天地，这里酝酿着蓬勃生机。

一颗颗汗珠啊一片片绿，爱不够咱乡村的好宝地。
山坡传来了报喜鸟的歌，山珍出口赚的是外汇。
大棚里头长满了农家乐，数不完咱农家的好喜气。
新农民新思路新的创意，这里创造了新的奇迹。

新政惠农歌

种田不交税，还领粮食补贴费。
盖房不用愁，泥腿子搬进小洋楼。
柏油路修到家门口，农民伯伯大步走。
合作医疗不算啥，有了大病不再怕。
电视线，电话线，床头听听戏文唱。
干罢农活上上网，咱也玩玩 QQ 农场。

三　农　歌

喜看建党九十春，沧桑巨变众脱贫。
惠农政策无限好，服务三农暖民心。

惠民政策好

定心丸，兴奋剂，中央文件系民心。
"一免两补"皆落实，农民万分来感激。
致富大道党指引，头不回来志不移。

政　策　不　变

一年不变，吃穿勿愁账不欠。
二年不变，三机一转摆场面。
三年不变，村村新屋一大片。

农 家 乐

（一）

厨厕厩，齐规划，彻底整治脏乱差。
平坦的路，宽敞的家，热水洗澡舒服佳。

（二）

高压线，大铁塔，电灯电视和电话。
移动的网，联通的卡，作田老农知天下。

（三）

新农村，新变化，税费全免给补差。
特困的户，失学的娃，医保低保暖万家！

（四）

打针吃药方便了，住院报销不愁了。
如今看病不难了，健康长寿有福了！

科 技 兴 农

勤劳只能温饱，致富要靠大脑。
若能采得科技光，共同富裕奔小康。

培养新型农民

新型农民最吃香，加强培训进课堂。
政策技术要多学，一技在身走四方。
懂技术来会经营，种养加工闯市场。
思想观念变了样，脱贫致富奔小康。

农 变 工

祖祖辈辈务农，新一代农变工。
知识开心窍，技术显才能。
泥腿子，庄稼汉，摇身一变穿蓝领。
只要勤奋刻苦来打拼，"白领丽人"也能行。

网 上 行

一条信息引领农民闯市场，
一次商机带动多业齐兴旺。
标准化生产铺路，
"农字号"企业搭桥，
打包出口赚"洋钱"，
咱农民也能为国争光啦。

网 上 农 场

我家农场门敞开，欢迎朋友常常来。

有瓜有果有蔬菜，还有鲜花让你采。
芳香欢迎你常来，帮忙除草又除害。
你来我往乐开怀，争做农主新一代。

我的乡村我环保

举手之劳做环保，避免浪费最重要。
物尽其用废弃少，空调调低一度好。
垃圾减量事不小，分门别类贡献大。
废品回收好习惯，勤俭美德应记牢。
低碳要从我做起，我的乡村我环保！

沼气是个宝

秸秆柴草收拾好，沤在池中出高招。
"神仙"开关吹口气，照明煮饭实在妙。
沼液当肥料，沼渣是饲料，
"一池三改"新套套，能说沼气不是宝？

生态沼气歌谣

（一）

妇女们，高兴了，锅下活，大减少。
能点灯，能做饭，既省柴，又省电。
讲卫生，又方便，省秸秆，搞还田。
肥地力，良循环，促丰收，年接年。

（二）

沼气进灶房，清洁又健康。
不见炊烟起，但闻饭菜香。
男人解放了，妇女漂亮了。

（三）

一口沼气池，解放农家女。
一盏沼气灯，照亮新农村。
一台沼气浴，洗掉旧习气。

田　园　乐

乡村瓜果香，田园好风光。
农家小院美，胜过住楼房。
房舍青石砌，冬暖夏季凉。
檐下辣椒串，青藤爬满墙。
喝的山泉水，吃的新碾粮。
草地如绿毯，随意任卧躺。
眼看蝴蝶舞，耳听昆虫唱。
山间野果红，清溪细流淌。
吸入山风清，心肺觉舒畅。
夜深无喧嚣，柔和显安详。
休闲农家乐，惹得人向往。

村 村 通

敲几套锣，放几串鞭，八辈子梦，今日才圆，
"民心工程"致富路，放声高唱村村通。

田 畈 路

老早是条烂泥路，赤脚走到田畈里，
一路泥浆一身水，草帽顶上好插秧。
后来铺上石子路，骑车颠簸脚走痛，
机耕路上开铁牛，开到地头灰满天。
现在浇上柏油路，两边种上香樟树，
春耕开过插秧机，秋收开来收割机。
东边招牌土菜馆，西边鱼塘养鱼虾，
南面新房连成片，北面大棚到地头。
出门公交通到村，城乡一体新农家。

新旧滕头歌谣

（旧）①田不平，路不平，亩产只有两百零，
有女不嫁滕头村。

前后龙潭涂田畈，赶水不进泻水难，
一场大雨水为患。冬天屯水鸭，
蚂蟥像扁担，亩产不到两百三。

（新）②田成方，屋成行，绿树成荫花果香。
　　　　橘子渠，葡萄河，清清渠水绕村庄。

（新）③花香日丽四季春，碧水涟涟胜桃源。
　　　　既要金山银山，更要绿水青山。

　　　　一家富不算富，集体富了才算富。
　　　　口袋富不算富，脑袋与口袋一起富，
　　　　才是真正的富。

注：①上世纪 60 年代。②上世纪 90 年代。③21 世纪初。

新旧东湾歌谣

（旧）养女莫嫁八家畈，镐草镐到七月半。
　　　　锄头镐的像银子，裤子扯的像裙子。
　　　　忙到秋后去讨饭，家家户户难过年。

（新）北边荒山成林荫，东西两冈果茶香。
　　　　南畈建成高产田，庭院经济富农庄。
　　　　座座水库任鱼跃，栋栋新楼笑声朗。
　　　　山清水秀好地方，哪个人儿不向往。

农村住房谣

　　　　过去是：
　　　　单间单埭头，中央一道漏，
　　　　晴天晒日头，落雨摆钵头，

床背后垒副泥灶头。

现在是：
三间三埭头，中央一幢楼，
阳台晒被头，落铁也勿愁，
电视机就在床横头。

山 村 新 貌

绿水青山花似锦，苍松翠柏柳成荫。
自古深山多秀色，而今泽国尽欢声。

江 南 好

江南好，江南美，杭嘉湖，鱼米乡。
一边小桥流水人家，一边高楼大厦林立。
一面熏陶吴越古文化，一面掌握现代高科技。
同样的江南地，不一样的江南人。
从来江南才子多，未来精英聚江南。

吴 越 文 明

钱江水长流，吴越文明长。
流传几千年，西子美名扬。
人杰地又灵，号称鱼米乡，
民族工商业，近代来发祥。
二十一世纪，城乡新风尚，

尚德与和谐，建设新家园。
理想要远大，品德又优良，
四有好少年，你我来争当。

二、乡情风俗歌谣

正 月 正

正月正，万象新，贴春联，穿新衣。
吃饺子，放鞭炮，去拜年，懂礼貌。
尊老爱幼人人夸，压岁钱可别乱花。

元 宵 歌

正月十五是小年，元宵节上庆团圆。
赏花灯，猜灯谜，新年打算准备齐。
一年之计在于春，过了小年气象新。

花 朝 谣

二月十二是花朝，百花生日在今宵。
少女祈福求美貌，姿容更比百花俏。

三 月 三

三月三，暖风吹，漫天风筝翩翩飞。
三月三，花开艳，风吹桃李更烂漫。

清 明 谣

四月里，清明后，踏青郊游乐不够。
清明前，宜祭扫，落花飘絮莫烦恼。
有人伤感因伤春，寸金难买寸光阴。

端 午 歌

（一）

粽子香，香厨房。艾叶香，香满堂。
桃枝插在大门上，出门一望麦儿黄。
这儿端阳，那儿端阳，处处都端阳。

（二）

五月五，是端阳。门插艾，香满堂。
吃粽子，洒白糖。龙舟下水喜洋洋。

（三）

五月节，天气热，放下锄头歇一歇。
山上清风爽，杨梅红出血。

（四）

五月五，是端午，背个竹篓入山谷。
溪边百草香，最香是菖蒲。

（五）

端午节，吃不歇，五黄菜肴摆上桌。
雄黄酒，绿豆糕，团团圆圆过个节。

（六）

五月五，是端阳，屈原投水汨罗江。
包粽子，赛龙舟，纪念习俗不可丢。
吃炸糕，绣香囊，挂艾蒿，饮雄黄。
驱邪除秽有偏方，卫生习惯天天讲。

六 月 六

六月六，看谷秀。
天贶节，吃鱼肉。

七 月 七

七月七，去油泥，牛郎鹊桥会织女。
想学织女巧巧手，葡萄架下听私语。

中 秋 谣

八月里，是中秋，月圆之夜庆丰收。
吃月饼，饮美酒，幸福生活更长久。

重 阳 歌

（一）

九月九，是重阳，尊老敬老理应当。
河北登高去赏菊，江南习俗插茱萸。

（二）

菊花黄，黄种强，菊花香，黄种康。
九月九，饮菊酒，人共菊花醉重阳。

腊 月 歌 谣

小孩小孩你别馋，过了腊八就是年。
腊八粥，过几天，哩哩啦啦二十三。
二十三，糖瓜儿黏；二十四，扫房日。
二十五，炸豆腐；二十六，炖羊肉。
二十七，杀公鸡；二十八，把面发。
二十九，蒸馒头；三十儿晚上熬一宿。
大年初一去拜年：您新禧，您多礼，
一手的面不搀你，到家给你父母道个喜！

日 头 歌

日落胭脂红，无雨必有风。
夜里星光明，明朝依旧晴。
今夜露水重，明天太阳红。
有雨山戴帽，无雨山没腰。
久晴大雾必有阴，久雨大雾必有晴。

月 亮 歌

三辰五巳八午正，初十未时十三申。
十五酉上十八戌，二十亥上祭夜神。
二十三日子时出，二十六日丑时行。
二十八日是寅时，三十这天卯上轮。

夏 九 九 歌

夏至入头九，羽扇握在手。
二九一十八，脱冠着罗纱。
三九二十七，出门汗欲滴。
四九三十六，浑身汗湿透。
五九四十五，炎秋似老虎。
六九五十四，乘凉进庙祠。
七九六十三，床头摸被单。
八九七十二，半夜寻被子。
九九八十一，开柜拿棉衣。

十 二 月 歌

一月放鹞子，二月踢毽子。
三月清明撒谷子，四月哺窝小燕子。
五月端午裹粽子，六月买把花扇子。
七月摘个青枣子，八月造座新房子。
九月讨个新娘子，十月生个胖伲子。
十一月做双新鞋子，十二月里杀年猪。

打工十二月歌

正月过新年，打工早盘算，东头到西边，安全最关键。
二月龙抬头，离家往外走，一步一嘀咕，何日是归路。
三月是清明，家中来书信，惦念离别情，凄苦诉家境。
四月农事忙，件件挂心上，苦了爹和娘，游子愁断肠。
五月逢端午，粽子雄黄酒，老板赛龙舟，民工把汗流。
六月三伏天，太阳似针尖，泪水和着汗，脸色看老板。
七月鹊桥会，鸳鸯两分飞，空流思别泪，身累心也累。
八月好中秋，思念老父母，心中暗祝福，愿有松鹤寿。
九月有重阳，父母念儿郎，朝思暮也想，盼儿早还乡。
十月寒冬到，缺被又缺袄，囊中无现钞，心中生焦躁。
冬月进了九，行人冰上走，想踏回家路，工钱没到手。
腊月要过年，老板欠工钱，匆忙往家赶，家人少挂牵。
辛苦忙一年，没挣几个钱，买了油和盐，无钱添衣衫。
一年接一年，打工难上难，旧貌没换颜，只混肚儿圆。
话说打工苦，好歹是条路，老板心再枯，也得留一口。

话说打工累，明知是受罪，先流辛酸泪，再抱希望归。
自嘲打工甜，天地任你转，虽然没挣钱，见了大世面。
自嘲打工好，全国没少跑，工资虽不高，朋友天下交。

十二生肖歌谣

（一）

鼠 年 歌 谣

小老鼠，上灯台，
偷喝油，下不来。

牛 年 歌 谣

家有老黄牛啊，吃穿不用愁呀。
耕田又挤奶啊，年年有收成呀。

虎 年 歌 谣

一二三四五，上山打老虎。
老虎不吃素，专打不听话的小屁股。

兔 年 歌 谣

小白兔，白又白，两只耳朵竖起来。
爱吃萝卜爱吃菜，听话最可爱。

龙 年 歌 谣

龙王爷，行行好，庄稼地里都喝饱。
风调雨顺年景好，家家户户吃不了。

蛇 年 歌 谣

长虫长虫乖乖，爬到我家门口来。
守好我的门户，没有病没有灾，护我的宝贝长起来。

马 年 歌 谣

枣红马，跑得快，远方亲人有信来，
说什么啊，我家宝贝乖不乖？
我说：乖，奶奶说：不乖，我说：为什么？
宝贝不听话啊，光吃肉肉不吃菜。
怎么办？让你爸爸打你来。
不要啊。听话我的小乖乖，
能吃饭来能吃菜，身体长得好又快。

羊 年 歌 谣

毛儿卷卷角歪歪，有黑有白叫得欢。
一年四季只吃草，家家户户少不了。
有吃有穿有鱼鲜，咩、咩、咩。

猴 年 歌 谣

小猴子，真淘气，眼睛大大屁股红。
一蹿一跳上房来，大人问他干什么？
福来，福来，我给你家送福来。

鸡 年 歌 谣

大红冠子头上戴，身上穿着织锦袍。
早晨起来把歌唱，唱得田里忙起来，
唱得家家有余财。

狗 年 歌 谣

一家一户好日子，全凭它的好鼻子。
汪、汪、汪，好人坏蛋记得住。
忠心耿耿保家主，汪、汪、汪。

猪 年 歌 谣

高老庄的女婿，我家的闺女，
谁家都有亲戚，过年少不了他啊！
你猜他是谁啊？他是谁啊？
你啊。我？是你啊笨猪。

（二）

十二生肖真有趣，大家都来瞧一瞧：
老鼠前面走，牵着老黄牛。
老虎三声吼，兔子抖三抖。
龙在天上飞，蛇在地上扭。
马儿地上跑，小羊吃青草。
猴子树上爬，金鸡喊加油。
小狗汪汪叫，小猪睡懒觉。

（三）

小小的老鼠不简单，生肖里面排第一。
大大的黄牛最能干，又拉车来又耕地。
王中王，是老虎，性格凶猛不认输。
小白兔，耳朵长，一双眼睛明又亮。
中国龙，东方升，我们都是它的种。
小青蛇，没有爪，一扭一扭往前爬。

草原上，马儿跑，马到成功就是它。

洁白的羊群像棉花，草原的主人就是它。

小猴子，真灵活，树上来去本领高。

大公鸡，喔喔叫，催着主人要起早。

大黄狗，最听话，看家本领人人夸。

大懒猪，没工作，我们千万别学它。

（四）

小老鼠，吱吱叫，看到猫儿就跑掉。

牛伯伯，真强壮，看到红布向前闯。

虎大王，最神奇，森林之中没得比。

兔宝宝，爱睡觉，走起路来蹦蹦跳。

龙爷爷，最神秘，躲在云里猛吐气。

小白蛇，小青蛇，摇摇摆摆最有趣。

小马哥，跑得快，跑呀跑呀快快快。

羊咩咩，最贪玩，野狼来了快快跑。

小猴子，吱吱叫，红红屁股摇摇摇。

大公鸡，小公鸡，早晨起来喔喔啼。

小狗狗，尾巴摇，坏人来了汪汪叫。

小猪猪，胖嘟嘟，打个滚来踏踏脚。

四大传说歌

春季里，春风吹，百草鲜嫩；

祝英台，改了装，去学诗文。

夏季里，交大暑，热浪滚滚；

白娘子，斗法海，水淹山门。

秋季里，天转凉，秋风阵阵；
小牛郎，过鹊桥，相会亲人。
冬季里，雪花飘，天气寒冷；
孟姜女，寻夫君，哭倒长城。

十二月花名唱梁祝

正月梅花是新春，梁山伯读书上杭城，
草桥巧遇祝英台，错将女子认书生。
二月杏花叶儿红，结拜金兰称弟兄，
两人进了书房内，认作同胞把书攻。
三月桃花红飘落，日同桌来夜同宿，
只为英台多留意，未露真情三年多。
四月蔷薇花儿香，花园里面去乘凉，
狂风吹起英台衣，露出三分女儿妆。
五月石榴端阳跟，山伯说与英台听，
看你好似女裙钗，今朝露出女儿影。
六月荷花伏中生，玲珑女子古来闻，
园中难答山伯话，打定主意转家门。
七月凤仙巧营生，收拾行李要动身，
师母跟前真情说，要伊做个月老人。
八月桂花是中秋，二人各自苦伤心，
山伯难别英台女，十八里相送到长亭。
九月菊花重阳中，英台路上言打动，
比人比鹅比鸳鸯，只恨山伯听不懂。
十月芙蓉小阳春，长亭分别各回程，
英台见过双亲后，就到高楼换衣裙。

十一月水仙盆里青，山伯也要转家门，
心想先到祝家去，探望贤弟结拜人。
十二月腊梅冷清清，山伯到了祝家门，
楼台会见英台女，口吐鲜血命归阴。
十二月花名唱完成，英台许配马家门，
坟前啼哭梁兄长，山伯鬼魂掀开坟，
变成一双花蝴蝶，飘飘荡荡上天庭。

白 蛇 山 歌

正月梅花开满林，许仙西湖去游春，
白娘娘一见中了意，小青作法起乌云。
二月杏花白如银，叫船摇到涌金门，
白娘娘上岸把伞借，许仙讨伞结成亲。
三月桃花红喷喷，白娘娘作法盗库银，
许仙拿着元宝回家转，钱塘县破案发配苏州城。
四月蔷薇满墙红，许仙夫妻又相逢，
苏州开爿药材店，挂灯结彩满堂红。
五月石榴红盈盈，许仙游山遇道人，
茅山道士想降妖，白娘娘斗法忙逃生。
六月荷花结莲心，端阳饮酒起祸根，
白娘娘吃了三杯雄黄酒，珠纱帐里现原形。
七月凤仙结子青，许仙唬死倒埃尘，
娘娘昆仑盗仙草，救活许仙还了魂。
八月木樨香阵阵，许仙一时起疑心，
金山寺烧香遇法海，说他娘子是妖精。
九月菊花黄似金，白娘娘金山把夫寻，

法海不肯放许仙，水漫金山动刀兵。
十月芙蓉小阳春，许仙逃回杭州城，
断桥夫妻重相会，白娘娘生下小官人。
十一月水仙盆里青，法海赶到清波门，
金钵罩住白娘娘，雷峰塔下镇残生。
十二月腊梅报岁春，小青祭塔报仇恨，
雷峰塔倒白娘娘出，法海躲到蟹壳去藏身。
十二月花名唱完全，法海从此留骂名，
人人同情白娘娘，雷峰胜迹留美名。

三、乡俚生活歌谣

看雾测天歌

（一）

春天起雾天要变，阴雨绵绵无晴天。
夏天起雾不见面，尽管大胆洗衣裤。
秋天大雾扑人脸，当天太阳火炎炎。
冬天雾起飞满天，大雨大雾追后边。

（二）

久晴大雾兆阴雨，久雨大雾转晴天。
早晨起雾天不雨，夜里起雾雨绵绵。
雾色发白是晴兆，雾色灰沉阴雨连。
雾上山头有大雨，雾下河谷艳阳天。

月　雾　谣

正月雾，水上路。二月雾，水从颈上过。

三月雾，麦根烂多数。四月雾，三麦定丰收。
五月雾，井底朝气露。六月雾，早秋要失误。
七月雾，黄河变成路。八月雾，不用开仓库。
九月雾，来年庄稼秀。十月雾，牛羊高冈卧。
十一月雾，鱼行人道路。十二月雾，来年五谷富。

花 开 歌

什么开花步步高？芝麻开花步步高。
什么开花像喇叭？百合开花像喇叭。
什么开花不结子？杨柳开花不结子。
什么结子不开花？无花果结子不开花。

蔬 菜 谣

（一）

正月菠菜才吐绿，二月栽下羊角葱。
三月韭菜长得旺，四月竹笋雨后生。
五月黄瓜大街卖，六月葫芦弯似弓。
七月茄子头朝下，八月辣椒个个红。
九月柿子红似火，十月萝卜上秤称。
冬月白菜家家有，腊月蒜苗正泛青。

（二）

青青蒜薹细又长，黄瓜穿着绿衣裳。
菠菜红根叶又绿，菜花密集挤一起。

弯弯扁豆像月牙，上细下粗葫芦瓜。
绿叶白菜白白帮，卷心菜穿千层装。
芹菜绿叶长长秆，南瓜又扁它又圆。
红头萝卜绿尾巴，青龙黄花是丝瓜。
西红柿又圆它又大，皱着脸的是苦瓜。
长长豆角像根绳，半青半白是大葱。
小花芸豆像把刀，茄子身穿紫色袍。
芦笋尖顶节节高，土豆像球满地跑。

荸 荠 歌

三月落土圆囵囵，四月发芽像灯芯。
是你伴姑担不尽，吃你乌皮包白心。

花 儿 谣

正月梅花香又香，二月兰花盆里装。
三月桃花连十里，四月蔷薇靠短墙。
五月石榴红似火，六月荷花满池塘。
七月栀子头上戴，八月丹桂满枝黄。
九月菊花初开放，十月芙蓉正上妆。
十一月水仙供上案，十二月腊梅雪里藏。

果 子 谣

正月甘蔗节节高，二月青果回味香。
三月樱桃甜如蜜，四月枇杷叶子黄。

五月杨梅红如火，六月莲心满池塘。
七月青枣沿街卖，八月老菱似刀枪。
九月板栗树头赤，十月香橼皱皮黄。
十一十二两个月，桂圆荔枝凑成双。

花 果 谣

正月甘蔗节节长，二月樱桃结枝上。
三月梅子打青果，四月枇杷满树黄。
五月杨梅满山红，六月荷花飘水上。
七月鸡冠芙蓉花，八月桂花阵阵香。
九月老菱街上卖，十月橘子黄澄澄。
十一月里芝麻金团香喷喷，
十二月里粽子年糕白松松。

竹 乡 歌

（一）

交情莫交半中腰，同心就要同到老。
洗衫要洗长流水，晒衫要晒长竹篙。

（二）

唱歌要唱山歌王，唱得公鸡对凤凰，
唱得麒麟对狮子，唱得我妹对我郎。

人老何不转少年

八十岁老头到花园，手扳花树打秋千。
花开花谢年年有，月到十五自团圆，
人老何不转少年？

手　挽　手

手挽手，一起走，走到街上吃老酒。
你一口，我一口，吃了老酒吃蚕豆。
蚕豆香，蚕豆松，一人只能吃一盅。
少吃多滋味，多吃要肚痛。

光　棍　谣

单身汉，实在苦，衣服破了没人补。
找了针又找不到线，找了剪刀找不到布。
烧茶煮饭做活路，想想还要有个伴。

小　歌　班

七日八夜小歌班，看着勿肯回来还。
男人看得勿出畈，女人看得勿烧饭，
小人看得困门槛，老人看得吃药散。

天上一颗星

天上一颗星，地落一个钉。
叮叮当当挂油瓶。油瓶漏，好炒豆。
豆子香，换丁香。丁香甜，换黄连。
黄连苦，换花果。花果熟，换牛角。
牛角尖，弯上天。天天彩被盖满天。

逢 熟 吃 熟

正月新年看打春，种田人逢熟吃熟最开心，
年糕吃罢糖茶喝，再吃荠菜圆子肉馄饨。
二月春风屋门前，燕子低飞绕屋檐，
鲜竹笋煎蛋有滋味，老蚌肉嵌进豆腐皮。
三月上坟做清明，韭菜炒蛋香喷喷，
苋菜摘来腌咸菜，蒜苗烧鱼留客人。
四月立夏好称人，青梅酸来草头嫩，
家家户户新麦起，求得风静吃麦饼。
五月端午吃枇杷，新箬粽子角叉叉，
油煎黄豆好咽茶淘饭，咸菜同烧豆瓣沙。
六月大热最难熬，止渴吃点大麦茶，
黄浆塌饼吃到椎椎米（玉米），黄金瓜吃完接西瓜。
七月杂巧（读若烤）用油煎，腰菱近在宅河边，
场角头芦粟随手攀，胜似青皮甘蔗一样甜。
八月中秋吃新姜，囤里新米是香粳，
毛豆荚要配新米粥，糖烧芋艿味更香。

九月西风捉蟹天，蟹罩蟹簖接连连，
小蟹烧来自己吃，大蟹要卖好价钿。
十月家家备寒衣，园田里蔬菜日日稀，
唯有荠菜新上市，烧顿咸酸饭味道鲜。
十一月里冷呼呼，鲜菜吃到油塌塌，
大白菜要经浓霜打，好做冰胶豆腐大暖锅。
十二月里谢家堂，慈姑地栗小盆装，
合家团聚庆丰年，祈求来年更兴旺。

做 寿 歌

十岁做寿外婆家，廿岁做寿丈母家。
三十岁要做，四十岁要叉。
五十自己做，六十儿孙做。
七十、八十大家来祝寿。

接 新 妇

燕子飞，飞过天。天门关，飞过山。
山头白，飞过麦。麦头摇，飞过桥。
桥下打花鼓，桥上接新妇。
新妇多少长？插朵珠花撞栋梁。
新妇多少矮？插朵珠花撞檐阶。
新妇多少大？双扇台门走勿过。
新妇几时来？廿七廿八来。

山 歌 谣

（一）

出门上坡又下坡，肩头挑担口唱歌。
口唱山歌脚轻巧，不唱山歌着力多！

（二）

人不劳动去找歌，就像瞎子把鱼摸。
好歌见你要躲藏，关门哪能编山歌。

（三）

露珠养叶水养根，肥泥养花山养林。
五谷杂粮养人类，千年山歌养人心。

（四）

山歌不唱冷清清，铜锣不打锈了音，
大路不走长茅草，稻场不碾起灰尘。

养 儿 谣

若要小儿强，要带三分凉。
若要小儿安，要带三分寒。

喊人不蚀本

喊人不蚀本，舌头打个滚。
不会称呼人，事情办不成。

东　天　头

东天头，北呒头；嚼嬉话，嘎嘴皮。
呒格要讲出有格来，有格添油加酱混得来。
东家丢了杆秤，传到西家捡了把枪。
南栅杀了头猪，传到北栅死了个人。
张家外婆掉了个顶针箍，全村帮着找金戒指。
嘴巴生在人身上，不好缝来不好堵。
闲话又不生辫子，捏不到了手里厢。

畲　乡　山　歌

三中全会扭乾坤，全国出现新局面。
方针政策中央定，条条符合畲民心。
畲乡处处面貌变，农业生产大革新。
多种形式责任制，联产承包来经营。
生产责任分得清，农村面貌日日新。
感谢党的好领导，制定政策合民情。

十　富　谣

第一富，不怕辛苦做活路，勤劳富。

第二富，买卖公平多主顾，忠厚富。

第三富，听得鸡叫离床铺，当心①富。

第四富，手脚不停理家务，节俭富。

第五富，常防火盗管门户，谨慎富。

第六富，不做坏事犯法度，安分富。

第七富，合家大小相帮助，同心富。

第八富，妻儿贤惠无欺妒，帮家富。

第九富，教训子孙立门户，代代富。

第十富，存心积德天加福，为善富。

①当心：放在心上，认真对待。

富　春　江　谣

天上银河亮光光，地上银河富春江。

水绿猫眼绿汪汪，沙如龙宫白玉床。

活在岸上算风光，死在水里勿冤枉。

楠溪果木谣

楠溪两岸山场宽，靠山靠水种山场。

毛竹大来水竹长，松杉高来做栋梁。

茶叶丛间种络麻，桐子柏子油茶生。

板栗柚子芦笋壮，桑叶养蚕缫丝做衣裳。

杨梅李果百草园，梨子大来柑橘甜。
楠溪果木多出息，生落处住落处靠地粮。

唱歌好地方

唱歌有个好地方，
唱歌可以在青青的草原上，
唱得青草终年绿，
唱得鲜花四季香。
唱歌有个好地方，
唱歌可以在高大的岩石上，
唱得大雕展翅飞，
唱得月儿从西上。
唱歌有个好地方，
唱歌可以在金黄的田园上，
唱得扎西酣酣睡，
唱得青稞翻金浪。

家 园 歌 谣

当地球都市化了，人们到哪里去寻找乡土啊，
我的乡土歌谣啊，就是子孙的精神家园。
品味乡土气生活，体悟民族的性情，
守护原生态家园，精神也不会寂寞。

新 潮 爷 爷

古稀爷爷赶新潮，最近忙着学电脑。
不懂不会不要紧，孙子每天把他教。
问他为何非要学？他说学会实在好。
待在家中不出门，天下事儿全知晓。
想购商品不上街，手指把那键盘敲。
闲时可以玩游戏，还能交友把天聊。
经历要写回忆录，留给后人作参考。
有人笑他老顽童，他说从来未觉老。

手 机 歌

新科技，日日新，如今手机真方便：
打电话，发信息，玩游戏，写文章，
发邮件，听音乐，存文件，读书报，
看影视，可投影，拍照片，录视频，
浏览网页上ＱＱ，闹钟日历通讯录，
汇率查询计算器，触摸手写大屏幕，
三网双待双号码，ＧＰＳ导航不迷路。
科技时时在进步，明天一定会更好！

农 民 工

乡村在这头，城市在那头，
离乡出村口，梦想奔锦绣。

城市在这头，乡村在那头，
离城回村口，人生大步走。

打 工 歌 谣

（一）

哥哥在外打工忙，苦心挣钱把家养。
头发长下寸数长，不知家人可安康？
夏天日头烫脊梁，有时几天不歇响。
工地饭菜不咋样，吃碗拉面是奢望。
夜晚路灯明晃晃，边洗衣裳边思量。
弟弟妹妹比哥强，学业有成前途广。
要说哥哥不窝囊，也想城里买套房。
接来妻儿和爹娘，共度幸福好时光！

（二）

告别亲朋好友，
紧握着父母亲的双手，
为了挣钱去打工哟，
山高路远也要走。
身上穿着妈妈缝的衣，
心中铭记着父母亲的嘱咐，
布兜里装着理想和抱负，
打工路上迈出了第一步。

春夏秋冬在循环往复，

天伦之乐暂不能享受，
身处闹市看不见高楼大厦，
理想的汗水湿透了微薄工资。
车水马龙的工厂，
高新技术笑我没有读书，
补习文化不能落伍，
青春与岁月的拔河要加把劲儿。

阔别家乡又是一个春秋，
含着热泪望着每年的九月九，
寄回的汗水哟盖了新楼，
喜得我梦里啊回家溜了好几溜。
身上穿着工作服，
亲人的嘱咐心中留，
天大的困难踩脚下，
打工的路上我不回头！

多少冬夏与春秋，
逛遍了闹市与高楼，
理想的汗水终于没有白流，
结出劳动的硕果一篓又一篓。
车水马龙的工厂里，
先进技术的产品质量第一流，
还有无数感情胜过兄弟姐妹的工友，
昂首阔步在打工路上挺风流。

（三）

为了生活我们四处奔忙，
脏苦累活我们一肩扛上。
想家的时候我们登高远望，
唱首思乡曲已泪眼汪汪。

打工的艰难我们不放在心上，
怀揣着梦想我们就有希望。
我们的内心没有太高的奢望，
平凡地生活是我们的向往。

当初离家时我一步一回首，
亲人的嘱托我时时记心头。
远在他乡心总是在等候，
回到家乡时给你我所有。

社会上有人常常把我们遗忘，
老板看我们总用那样眼光。
我们付出的希望不会是白忙，
得到回报也是理所应当。

有一天发现城市改变了模样，
人们看我们用种惊奇目光。
梦想家乡变得像城市一样，
那是打工者一生追求的理想。

背井离乡滋味让人难承受，
酸甜苦辣往事都涌上心头。
当我回到了故乡的时候，
让我忘掉了烦恼和忧愁。

打 工 兄 弟

你淳朴憨厚正直善良，只是有点孤僻。
你目光深沉气质独特，只是神情忧郁。
你认真负责努力工作，只是命运坎坷。
你勤奋好学才华横溢，却总是怀才不遇。

兄弟，我亲爱的好兄弟，也许你又受了委屈，
我也只是个打工仔，只能陪着你默默叹息。

兄弟，我亲爱的好兄弟，人生总有许多不如意，
世道总有一些不合理，你好好干吧不要泄气。

兄弟，我亲爱的好兄弟，明天你就要离我而去，
我知道无法挽留你，只能送一程轻歌一曲。

兄弟，我亲爱的好兄弟，太阳总在山的那一边，
前面定有一番新天地，你好好走吧我祝福你。

老板兄弟

总想起你的那一间小厂，是我走上社会的第一站。
你亲切地称我兄弟，我调皮地唤你厂长。
侃起大山无话不说，干起活来携手并肩。
你要我先歇一歇，我争着让我来干。
你总是一本正经，我经常嬉皮笑脸。
噢，老板，我的小老板，你现在过得怎么样？
转眼间分别已多年，是否有空把我想一想？

总想起你那一间小厂，收藏过我青春的梦想。
睡觉与你背对背，吃饭与你脸对脸，
一瓶啤酒挨个儿喝，一个面包掰成两半。
你系过我的领带，我穿过你的西装。
也曾经吵架赌气，却依然义重情长。
噢，老板，我的小老板，你是否成了大老板？
转眼间分别已多年，真想抽空去把你看一看。

人 在 江 湖

举杯就要畅意开怀，说话就要痛痛快快，
刚正直爽，奔放又坦率。

恨就要恨得明明白白，爱就要爱得死去活来，
敢作敢当，敢恨也敢爱。

渴望成功笑迎失败，历尽沧桑不减风采，
千难万险，青春更豪迈。

飞短流长不屑置辩，君子一诺千金不改，
风狂雨恶，热血正澎湃。

剑胆琴心丈夫气概，侠骨柔肠男儿胸怀，
人在江湖，真我依然在。

姐，你在家乡还好吗

山花般美丽的姐，
山泉般纯洁的姐，
庄稼般淳朴的姐，
歌谣般亲切的姐。

忘不了那一年你十七八，
黑油油的头发插一朵桃花。
初春的太阳暖融融，
姐弟俩去田里挖地瓜。
挖到了地瓜你递给我，
喜滋滋看我全吃下。

忘不了那时候我犯了家法，
你为我挡住了藤条和责骂。
有时父母说了你几句，
你总是默默不说一句话。

转过身谆谆教育我，
抬起手把我眼角擦。

忘不了上中学我住学校，
你给我送米送菜送地瓜。
流连校园你舍不得走，
你渴望读书却生在穷家。
农活磨钝了聪明灵气，
大山埋葬了青春年华。

姐，你在家乡还好吗？
在你的目光中我浪迹天涯，
走不出你遥远的牵挂。
姐，你在家乡还好吗？
在你的目光中我走遍天涯，
不敢放松追求的步伐。

我 在 南 方

空空的行囊，远离梦中的家乡。
千锤百炼的梦想，行走在打工路上，
我徘徊在南方。

想家的思绪，留在潮湿的枕巾。
衣带渐宽的乡愁，焕发顽强的拼搏，
我寄居在异乡。

过年的鞭炮，催响心灵的彷徨。
一无所有的流浪，如何面对妈妈满头的风霜？
我独自在南方。

打工的兄弟姐妹

打工苦呀打工累，唱支赞歌给咱打工的兄弟姐妹。
坚强执著勇敢追，有梦漂泊才甜美。
打工的兄弟姐妹，无怨无悔异乡洒汗水。
为了理想去拼搏，为了希望去追求，
昂首挺胸勇敢去面对，乐观向上笑微微。

打工苦呀打工累，怎能比过家乡辛勤劳作的父辈。
多少辛酸多少泪，宁愿孤单自己背。
打工的兄弟姐妹，默默装点城市的娇媚。
为了家乡的明天，为了生活的甜美，
日夜兼程不懈去描绘，再苦再累也无悔。

曾经的朋友

曾经与你风雨同舟，曾经与你并肩携手，
曾经对弹失败的泪，曾经共饮成功的酒。
虽然与你黯然分手，大道小路各自去走，
祝福依然在我耳边，目光依然在你左右。
你曾经是我的朋友，人各有志不能强求，
曾经的情谊随风而去，曾经的温暖还在心头。

只想听听你的声音

突然涌起了那一种心情，突然撅响了你的电话铃，
原以为早已淡忘的号码，拿起话筒依然烂熟在心。
按下了号码希望是忙音，拨通了电话希望没人听，
屋子里空气失去了宁静，我的心咚咚咚跳个不停。
好像从很远的时空，传来那熟悉的声音，
一切都好像凝固啦，整个世界只有你的声音。
你的声音你的声音，风一样柔云一样轻，
我的头脑一片空白，泪水淹没了我的声音。
仿佛过了几个世纪，终于叫出了你的小名，
我哽咽着说没什么，我只想听听你的声音。

你 的 目 光

我离开家乡的时候，你送我送到小村口，
我走了很久回头看，你依然朝我挥挥手。
我离开家乡的时候，你送我送到小桥头，
我走了很久回头看，你目光如水水幽幽。

有你的目光在我背后，多少坎坷我勇敢去走，
多少次流血不流泪，多少诱惑我不停留。
有你的目光在我背后，多少孤独我默默忍受，
多少次失败不失志，多少打击我不低头。

我离开家乡的时候，你送我送到小桥头，

我走了很久回头看，你目光如水水幽幽。
有你的目光在我背后，多少孤独我默默忍受，
有你的目光在我背后，多少坎坷我勇敢去走……

期　待

小路总是伸向远方，小河总是奔向大海，
小草总是憧憬春天，人生总是向往未来。
生命总得有所追求，生活总得有所期待。
只要我们有所追求，步伐就会充满豪迈，
只要我们有所期待，眼睛就会洋溢光彩。
只要步伐有所追求，我们就不必怕失败，
只要眼睛有所期待，我们就永不会悲哀。

你过得不容易

这些年你过得不容易，
一切只能靠你自己，
没有人知道你流过多少眼泪，
没有人知道你受过多少委屈，
没有人为你遮风挡雨，
没有人陪你走过崎岖。

这些年你过得不容易，
这些年辛苦了你，
有谁同情你曾经四处碰壁，
有谁安慰你曾经满怀忧郁，

有谁轻轻地拥你入怀，
有谁好好地把你珍惜。

这些年你过得不容易，
一切只能靠你自己，
失落的时候你常常寂寞无助，
困苦的时候你总是孤独无依，
也曾在街头惘然失措，
也曾在角落暗自饮泣。

这些年你过得不容易，
这些年辛苦了你，
不管怎样你都不会自暴自弃，
软弱只在表面刚强却在心里，
跌倒啦你自己站起来，
受伤啦咬咬牙挺过去。

这些年你过得不容易，
一切只能靠你自己，
或许我对你也是爱莫能助，
只能在这里为你轻歌一曲，
给你一点温暖关怀，
祝你今后称心如意。

曾　经

曾经与你朝夕相处，

我才知道什么叫幸福，
你脉脉的眼神把我淹没，
你长长的秀发把我盖住。

不再与你朝朝暮暮，
我才知道什么叫孤独，
我用分分秒秒计算欢乐，
却用年年月月计算痛苦。

一生中聚散离合多少回，
最难分难舍是与你分别，
你使我懂得了思念滋味，
那一种苦涩还得慢慢去体会。

一生中阴晴圆缺多少回，
最刻骨铭心是与你分别，
你使我在梦中深深沉醉，
梦醒的凄清还得默默去面对。

曾经与你朝夕相处，
我才知道什么叫幸福，
你红红的嘴唇把我融化，
你纤纤的手指把我轻抚。

打工的生活

打工的生活真精彩，喜怒哀乐全都有。

学会快乐的微笑，把所有忧伤全抛掉。
忘记尘世间的纷纷扰扰、争争吵吵，
给生活添上颜料，只要开心就好，
让快乐伴随你一直到老。

打工的岁月真美好，居安思危炼情操。
唱起家乡的民谣，歌声和微笑绕四海。
远离生活中的熙熙攘攘、打打闹闹，
我们阳光下舞蹈，只要感觉更好，
让幸福伴随你一直到老。

邻 家 女 孩

你是蝴蝶翩翩舞，
你是山花迎春开，
你温柔又本分，
你纯洁又可爱。
我的情我的爱我那邻家的女孩，
你的童年你的青春刻在我胸怀。
我曾经为你与人家打架，
你曾经为我受父母责怪。

你采的山茶味更香，
你绣的小鸟飞起来，
你心灵又手巧，
你淳朴又勤快。
我的童年我的青春我那邻家的女孩，

你的笑靥你的哀怨刻在我胸怀。
我曾经为你喝醉了酒,
你曾经为我泪流满腮。

转眼间你出嫁啦,
那一天我仍漂泊在外,
望着家乡的方向惆怅满怀,
默默祝你一生愉快。
你一定是个好妻子,
不知他是否懂得爱。

日子总是过得快,
忙忙碌碌就到了现在,
你的男人是否已经有了钱?
有钱啦是否会变坏?
你的心情好不好?
你的孩子乖不乖?

不知为何问你这么多,
问这么多也许不应该,
如果我言语有冒昧,
请你千万别见怪。

娃 在 南 方

静静的深夜,妈妈来电话。
问问漂泊的儿郎:娃,你在南方还好吗?

咋不打电话回家呀，妈妈心里盛满了牵挂。
深更半夜睡不着觉啊，只想和咱娃聊一聊。
他乡有苦也有乐呀，他乡也盛开太阳花。
咱娃要积极乐观闯天涯！

静静的深夜，妈妈来电话。
问问漂泊的儿郎：娃，你在南方还好吗？
咋不写信寄回家呀，妈妈心里纠缠着疙瘩。
深更半夜睡不着觉啊，只想和咱娃谈一谈。
他乡有甜也有辣呀，他乡也绽放迎春花。
咱娃要坚强自信走天下！

漂泊的儿呀，漂泊的娃，
好男儿志在四方也别忘了妈。
城市的繁华啊，靠的也是咱打工的娃！
金窝银窝别忘了咱山窝。
千般苦呀万般累，咱娃别怕告诉妈。
我的儿呀我的娃，早日带着爱情回到家！

股市新歌谣

说句心里话，我也想发，
股市里的风云变幻把我的眼弄花。
说句心里话，我也有爱，
常思念那个梦中的马，梦中的马！
来！既然当股民，来！就知风险大。
你也不想赔钱，我也怕赔钱。

谁还能够获利，谁还能够发，谁还能够发！

说句心里话，我也不傻，
我懂得股市的路上风吹雨打。
说句心里话，我也有情，
股市的那个惊险把我的胆炼大。
来！既然当股民，来！就知风险大。
你不当赢家，我不当赢家。
谁还能够致富，谁还能够发，谁还能够发！

坚 强 活 着

（打油歌谣）

我们要坚强地活着，尽管油价又涨了，
房价还坚挺，尽管核辐射笼罩着天空，
地震持续不断，尽管猪肉含有瘦肉精，
毒大米时有出现，尽管学位紧缺床位难求，
孩子常在校园遭意外，尽管小三横行滥情成风，
老板还不加工资，我们都要坚强地活下去，
因为……因为墓地又涨了。

房 奴 之 歌

（打油歌谣）

我在遥望，大盘之上，
有多少房价在自由地飞涨。
昨天已忘，卖干了好房，

我要和你重逢在没房的路上。
房价已被牵引，质落价涨，
有房的日子，远在天堂。
哦耶，哦耶，哦耶。
谁在呼唤，行情多长，
挣钱的渴望像白云在飘荡。
东边割肉，西边喂狼，
一摞摞的钞票，就送到了银行。
在房价沧桑中，房子在何方？
跟政府商量，让房价降降!!!

四、勤政廉政歌谣

科学发展观歌谣

（一）

十七大，宏图展，推进科学发展观。

抓学习，重实践，第一要务是发展。

共产党，为人民，以人为本是核心。

明要求，指出路，全面协调可持续。

求实效，促和谐，统筹兼顾是举措。

抓教育，促转变，思想产生新观念。

抓机遇，促发展，惠民政策要兑现。

抓民生，促和谐，地方实现新跨越。

抓制度，促创新，科学发展上水平。

抓基础，促稳定，城乡同迈新社会。

党中央、国务院，带头务实不空谈。

从市县，到乡镇，全面覆盖要贯穿。

总目标，记心间，人民受益是关键。

明载体，重形式，"12358"指航线。

三阶段，共半年，六个环节紧相连：
一阶段，搞学研，学习实践走在前。
二阶段，找问题，深刻剖析挖根源。
三阶段，抓转变，整改落实成效显。
深学习，勤调研，营造氛围重宣传。
选主题，重实际，活动开展心有底。
两不误，两促进，工作作风大转变。
当榜样，勇争先，力争走在全省前！
重眼前，谋长远，五大资源是亮点。
抓项目，引外资，相互拉动活力现。
保青山，护绿水，现代新城展新姿。
稳农业，兴工业，实现经济大发展！

（二）

学习科学发展观，先进理论天下传。
第一要义是发展，又好又快大步前。
以人为本是核心，群众利益高于天。
基本要求应牢记，全面协调可持续。
根本方法很重要，五个统筹新理念。
经济建设是中心，聚精会神谋发展。
解放发展生产力，综合国力不能软。
改革发展大局稳，三个文明齐向前。
调整结构改方式，质量效益都要看。
科教人才做支撑，自主创新是基点。
人和自然要和谐，资源环境很关键。
生态建设莫小看，不给后人留遗憾。
物质文明是基础，四位一体要全面。

东中西部互促进，优势互补共发展。
节能降耗减排放，人类家园大家建。
统筹城乡是趋势，城乡一体肩并肩。
区域发展要协调，东西携手笑开颜。
经济社会同重要，富裕文明新家园。
人与自然要兼顾，自然规律莫违反。
国内国外统筹好，互利共赢拓空间。
初级阶段是国情，大好机遇紧抓住。
马列主义作指导，中国特色是旗帜。
爱国主义民族魂，改革开放强国路。
四项原则立国本，八荣八耻严约束。
基本路线不偏离，小康路上不停步。
公平正义才和谐，安居乐业保稳定。
群众利益无小事，社会事业不放松。
扩大就业解民忧，健全保障保民生。
效率公平相结合，收入分配要均衡。
矛盾纠纷快化解，息诉罢访不折腾。
全体党员是主体，各界群众广参与。
学习提高第一关，准备环节不能删。
培训手段多样化，三本论著加其他。
问需于民找差距，针对不足定课题。
走访调研重深入，开局谋篇心有数。
分析检查第二关，查找问题不一般。
认真开好两个会，互帮互助辨真伪。
公开报告征民意，认真听取新建议。
对照检查深剖析，邀请群众来评议。
整改落实第三关，取得实效是关键。

突出问题解决好，制度机制要完善。
为民办事多奉献，群众满意记心间。
思想作风大转变，与时俱进永向前。
科学发展上水平，人民群众得实惠。
经济振兴不能停，科学发展要遵循。
加快推进三二一，五区战略来指引。
工业强区是主体，旅游发展提人气。
城建步伐快向前，建好生态新家园。
基础功能夯实好，强基固本巩政权。
真抓实干事业兴，关注民生惠百姓。

（三）

党中央、国务院，站得高，看得远，
提出科学发展观，先进理论人人传。
第一要义是发展，以人为本是核心。
基本要求有规定，全面协调可持续。
根本方法要知道，统筹兼顾最科学。
经济建设是中心，四个建设共推进。
改革发展大局稳，四个文明齐向前。
五个统筹新理念，和谐社会重发展。
学习科学发展观，不图形式重实效。
全体党员是主体，各界群众广参与。
党员干部受教育，群众生活得实惠。
科学发展上水平，解决问题见实效。
学习实践抓党建，基层组织更坚强。
先进典型是个点，分批学习到一线。
教学质量要提高，科学理论作指导。

党员教师作表率，提高素质育新人。
创新载体富内容，广泛动员深宣传。
政治活动显生机，学校工作添活力。
三阶段，共半年，六个环节紧相连：
学习调研第一关，开局工作创新篇。
认真学习多走访，真实情况摸清爽。
工学矛盾科学化，学习形式多样化。
两本论著党课宣，先锋网上科教片。
歌谣竞赛简报编，学习丰富效果显。
大走访，多访谈，广征求，面又宽。
师生家长齐参与，条条建议促发展。
分析检查第二关，查摆问题找根源。
认真开好组织会，互帮互助谋发展。
检查材料征民意，认真听取新建议。
党员群众共评议，深刻剖析自揭短。
整改落实第三关，取得实效是关键。
突出问题解决好，制度机制要完善。
为民办事多奉献，群众满意记心间。
工作作风大扭转，整改落实不手软。
规定动作不走样，自选动作显亮点。
主题实践探新路，工作学习两不误。
构建和谐新校园，学生快乐教师欢。
办教育，争一流，人民满意永发展。

科学发展新歌谣

（一）发展内涵

科学发展内涵深，党员干部要记心。
第一要义是发展，又好又快上水平。
以人为本是核心，全心全意为人民。
统筹兼顾是根本，工农互惠要双赢。
全面协调可持续，增效提速靠创新。
学习理论重实践，后发赶超强新市。

（二）领导带头

村看村来户看户，普通党员看干部。
领导带头做示范，身先士卒来引路。
深入基层搞宣讲，心贴群众民拥护。
思想行动皆同步，学习工作两不误。

（三）科教兴村

解放思想为先导，科教兴村最重要。
外地经验可借鉴，引导村民多动脑。
远程教育搭平台，实用技术网上找。
科技下乡送良方，帮民致富求实效。

（四）集约经营

小打小闹效益差，先把产业来做大。
几村一并连成片，扩大规模基地化。

拳头产品创品牌，占领市场卖好价。
集约经营好处多，抱团催开致富花。

（五）特色农业

农村产业水平低，调优结构要发力。
加工着力精和深，好贮好销有好利。
种养加工一齐上，剩余劳力创效益。
一村一品求特色，人无我有破难题。

（六）农合兴业

合作组织入农户，致富有招心有主。
产业协会来合作，搞活流通找销路。
产供加销一条龙，种得出来销得出。
公司基地加农户，扩大规模闯富路。

（七）惠农利民

惠农政策暖民心，不折不扣严执行。
民工工资要付清，扶贫帮困促稳定。
粮食直补发到户，家电下乡受欢迎。
义务教育免费读，低保农合惠万民。

（八）实事惠民

基础设施要改善，量力而行想周全。
山塘水库勤整修，兴办交通架好电。
有线电视接进屋，饮水工程导清泉。
文化共享抓落实，农村面貌大改变。

（九）扶贫济困

老弱病残要关心，结对帮扶助脱贫。
留守儿童缺照料，代管家长倾真情。
一方有难八方援，捐款捐物献爱心。
弱势群体大家帮，扶危济困治穷根。

（十）城乡发展

城乡统筹很重要，科学发展互提高。
工农利益要兼顾，村企联姻模式好。
大力开发小城镇，城乡一体差距小。
以城带乡前景广，以工促农助增效。

（十一）新农村建设

生产发展是基础，生活宽裕心意足。
乡风文明尚淳朴，村容整洁新面目。
村务管理讲民主，群众权益要保护。
乡村建设掀高潮，又好又快谋幸福。

（十二）保护生态

环境保护须记清，造成污染害人民。
节能减排不放松，植树造林应抓紧。
生活垃圾不乱丢，乱砍滥伐须严禁。
农药化肥须慎用，生态环境更文明。

（十三）新型农民

新型农民最吃香，加强培训进课堂。

政策技术要多学，一技在身走四方。
懂技术来会经营，种养加工闯市场。
思想观念变了样，脱贫致富奔小康。

（十四）村容整洁

家园美化很重要，科学规划来塑造。
三清四归加五改，生活质量大提高。
房前屋后多栽树，环境绿化不可少。
村庄建设要统一，村容整洁面貌好。

（十五）策重三农

惠农政策现党恩，服务三农润民心。
皇粮国税全免交，免费教育惠学生。
水泥马路修进村，人畜饮水建工程。
农机家电来下乡，政府补贴喜煞人。

学习实践科学发展观三字经

（一）

党中央，谋长远。树科学，发展观。
循规律，创理念。优生态，节资源。
破难题，方式变。记要义，是发展。
人为本，核心显。要协调，要全面。
可持续，留心间。统且筹，顾而兼。
是方法，好手段。谋全局，善统揽。
城与乡，人自然。看当前，想长远。

建和谐，促发展。

（二）

三批次，一年半。每一批，三阶段。
抓学习，搞调研。做检查，真章见。
促整改，重实践。干部们，是关键。
多指导，把好关。是党员，做样板。
学扎实，莫拖延。

（三）

总要求，有三点。受教育，是党员。
上水平，为发展。得实惠，民称赞。
四目标，要记全。提认识，防走偏。
解问题，抓重点。强基层，须健全。
以学践，促发展。大原则，亦四面。
解思想，求转变。创特色，为实践。
贯彻好，群众线。教为主，务正面。

（四）

一阶段，有四环：做准备，齐动员；
集中学，细调研；搞三问，纳良言；
大讨论，促转变。二阶段，共三环：
生活会，发真言；征意见，在会前；
查问题，找根源；写报告，分析全，
搞评议，再完善；三阶段，又三环：
抓整改，定方案，四明确，须全面；
一承诺，要兑现，解问题，抓重点；

立制度，要完善，量力行，尽力办。

（五）

第三批，五方面。在基层，来实践。
更注重，有五点。讲实效，方法简。
分类导，侧重变。抓基础，强党建。
全统筹，不能偏。主题明，载体鲜。
抓机遇，促发展。百姓富，谋型转。
城与乡，齐攻坚。衣食足，日子甜。
聚人心，奋力干。新思路，绘新篇！

法 制 歌 谣

（一）

宪法规定讲明确，要用法律来治国。
经济建设有保证，人民才有好生活。
每个公民要学法，又利国来又利家。
学好法律走正道，免得跌倒掉悬崖。

（二）

太阳一出乌云散，锣鼓一响虎逃山。
人人懂法一身胆，坏蛋露头无路钻。
要吃甘蔗把土壅，要吃蜜糖养蜜蜂。
要想社会得安定，学法用法莫放松。

（三）

播谷不忘先催芽，织布不忘先纺纱。
开车不忘方向盘，致富不忘先学法。
饼香全靠有芝麻，园香全靠有红花。
丰收全靠勤劳动，幸福全靠法当家。

（四）

有章有节文不乱，有词有谱才成歌。
依法治国党决定，江山稳固民欢乐。
打狗就要棒槌敲，打蛇就要金竹条。
哪个犯罪触刑律，要你有翅也难逃。

（五）

天罗地网密又牢，刑法好比斩妖刀；
你若以身来试法，不断头来也断腰。
落雨因为天起云，水流因为地不平；
人心不足蛇吞象，盗窃犯罪法无情。
短命不过路边竹，又挨割来又挨烧；
拐卖妇女犯国法，莫要拿头去碰刀。
老虎屁股莫要摸，刀口蜜糖莫去尝；
吸毒害国又害己，飞蛾扑火自遭殃。
种田就要播好秧，砌屋就要砌好墙；
四化宏图要实现，依法治国要加强。
没有竹篙船难行，没有秤砣秤难称；
没有弯弓箭难射，没有法治国难兴。
人靠法律不怕妖，不怕台风不怕礁；

不怕鲨鱼翻恶浪，不怕征程万里遥。
挑水浇花花更鲜，肥土种瓜瓜更甜；
依法治国国兴盛，长治久安万万年。

普法四字经

当今社会，法治文明；不学法律，寸步难行。
普法诗句，通俗易懂；如有不妥，敬请批评。
国家宪法，法制根本；合法权益，依法保证。
法定义务，必须履行；法律面前，人人平等。
有法必依，违法必惩；学好刑法，远离牢门。
杀人偿命，犯罪判刑；负案逃跑，罪加一等。
包庇窝赃，惹祸上身；抗拒从严，坦白从轻。
治安管理，维护安宁；罚款拘留，处罚类型。
罚款事小，重在教育。传唤时限，十二时辰。
抗拒处罚，强制执行。熟悉民法，避免纠纷。
借钱立据，还债收凭；生意往来，要签合同。
遇到麻烦，具状诉讼；不服初判，可打二审。
婚姻大事，有法可循；近亲三代，禁止结婚。
婚姻自由，买卖不成；夫妻关系，登记确定。
女方招郎，一视同仁；计划生育，法规省定。
最好一个，二胎申请；已生二孩，结扎避孕。
超生受罚，生育凭证；少生优育，利国利民。
义务教育，依法实行；时间九年，读完初中。
其间失学，父母责任；企业老板，禁用童工。
尊重老师，爱护学生。法律保护，妇女老人。
权利地位，男女平等；敬老养老，子孙责任。

老有所乐，夕阳正红；歧视虐待，违法判刑。

风 气 歌

政绩不搞浮夸风，办事不搞拖拉风。
对上不搞谄媚风，对下不要要威风。
学习不搞一阵风，民意不当耳旁风。
基层多搞调查风，提拔不搞裙带风。
执法拒绝人情风，领导慎听枕边风。
以身作则刹歪风，勇立潮头树新风。

扯 皮 歌 谣

扯皮，扯皮，无休无止。
多少事，从不急；你推我，我推你。
甲让乙处理，乙让丙合计，
丙请丁斟酌，丁等甲审批，
一份公文到处传，像个皮球来回踢。
或当"研究员"，研究研究成惯例。
或当"老推事"，能推就推不迟疑。
或当"好拳师"，不慌不忙打"太极"。
或当"收发室"，来文照转省力气。
一万年，不太急，何必争朝夕。

为官须清廉

为官须清廉，心中常坦然。

廉字心中装，无私天地宽。
生活虽平淡，知足能欢颜。
吃饭虽简单，肠胃能舒坦。
衣装虽一般，朴素是好看。
交往要干净，钱色两不贪。
拒贿不收礼，精神没负担。
不为钱权累，心灵无污染。
当官须为民，心中常劝勉。
勤政是双桨，划动幸福船。
奉献是首歌，和谐动心弦。

廉 政 歌

当官要知民疾苦，廉政才是好干部。
人民公仆焦裕禄，千难万难不言苦。
一心只为百姓富，廉洁奉公得拥护。
为民书记郑培民，背朝天来面朝土。
甘做人民老黄牛，勤政为民世人颂。

反腐倡廉歌

乡邮员，送新闻，新闻信息送家门。
党中央、国务院，省市党政好文件。
及时送到群众手，干部群众争着看。
农民看了好文件，拥护党政搞生产。
干部看了好文件，认真执行往下传。
十六大精神真是好，还有一号好文件。

胡锦涛、温家宝，新政府，真是好。

减税收，补粮款，农民人人都喜欢。

腐败分子收信息，压藏不让农民看。

小腐败，乱攫钱，吃喝浪费呈大官。

大腐败，收了钱，充当小官的保驾官。

小官村霸和乡霸，打骂农民不得安。

打骂报复举报人，公开乱打好党员。

又停水，又停电，刁难农民双重严。

人民过年难吃饭，打骂百姓不得安。

停水停电怎吃饭，停水农民怎种田。

破坏农民承包地，荒废两年没种田。

坑国害民大案件，党报曝光三四遍。

大腐败，不看报，睡觉充当保护伞。

粮食直补到现在，非法截留不兑现。

计划生育乱罚款，钱的去向到哪边？

殡葬费，乱收钱，不是小官全部贪。

早私婚，乱罚款，大小贪官分赃款。

非法批划宅基地，没证盖房也不管。

批划宅基光收钱，不给办证真稀罕。

有法不依你真敢，欺上压下都敢办。

四大民主不实现，村财村民不能管。

借修路，卖水泥，路的质量不用提。

许可法，大宣传，县官一点也不管。

啥是官员问责制？引咎辞职怎么办？

违法乱纪咋处理？党纪国法谁来管？

县、乡、村，再捣乱，扰乱社会不得安。

又请县官大老爷，请到农村来看看。

你吃的是农民种的粮，拿的是人民给你的钱。
居官不给民做主，不如回家卖红薯。
引咎辞职你不办，单等人民往下赶。
人民问你负啥责？公开答复理当然。
党纪国法你不管，你算政府什么官。
村民为啥不选你，不给人民把事办。
人民对你不满意，人民政府你咋沾。
为什么要来拱官，不过为了二分利。
财富是劳动得来的，贪官污吏不能享。
盘古至今从头论，坐享其成不久长。
中央明查来暗访，这条黑线无处藏。
这条黑线无处藏，无处藏。

反 贪 歌

贪官污吏人人恨，聚敛钱财法不容。
有钱能使鬼推磨，财能发来官能做。
当官不为民做主，心中不装百姓苦。
吃喝玩乐图享受，艰苦朴素抛脑后。
不觉贪污是耻辱，反以腐败为光荣。

一、农作歌谣

　　庄稼歌　锄草歌　犁田歌（2首）
种田歌（2首）　种田倌　农田水利
　打荞麦　务农人家真叫甜　土地
不负勤劳人　一年能种两季稻　铁
牛　插秧机　收割机　温室大棚
大棚种植

二、劳动歌谣

　　打夯号歌（2首）　揩力歌　采茶歌
采茶谣　采茶调　采菊歌　菊花谣
　采菱曲　进桑园　转回程　养蚕歌
　烧田蚕歌谣　牧歌　牧牛呼声　摇
船歌　船歌　运河渔歌　东海渔谣
（7首）　军垦歌（2首）　风机转

三、二十四节气歌谣

　　节气歌（5首）　春光一刻值千金

農
业
篇

一、农作歌谣

庄　稼　歌

新年过，十五罢，忙忙碌碌做庄稼。
有的锄草起牛铺，有的套车把粪拉。
红薯种，早育下，这个庄稼能养家。
赶春会，把钱拿，买回扫帚和桑杈。
杈耙扫帚牛笼嘴，皮条扎鞭少不了。
过了春分种谷子，清明前后种棉花。
种谷子，多趟耙，苗子出来不掺杂。
种得稀了耽搁地，种得稠了要抓瞎。
谷子高粱锄三遍，二麦将熟不差啥。
黄瓜溜，叫喳喳，各种活路乱如麻。
摊了场，去种地，还要堆垛防雨下。
割了麦，先锄花，接着灭茬锄芝麻。
种小麦，要多耙，麦子大小莫看差。
隔年下种不容易，不稀不稠才得法。

锄　草　歌

拿起锄头锄野草，锄去野草好长苗。
立夏锄田遍地走，入伏锄头不离手。
头遍浅来二遍深，锄头拉到庄稼根。
湿锄高粱干锄花，小雨带露锄芝麻。
锄头有水又有粪，锄头底下出黄金。
稆头田里锄三锄，拐儿粒子结到梢。
勤锄棉田棉苗壮，结桃开花白如霜。
豆薅三交粒子圆，谷锄七交米香甜。

犁　田　歌

（一）

犁田唱了歌，田里收谷多。
犁田不唱歌，收谷多瘪壳。

（二）

种子要泡透，最好泡三天。
抬出深水处，支在鱼塘边，两天就发芽。
妻子起来忙蒸饭，丈夫早已赶牛到田边。
撒秧犁田男人忙，女人可以起得晚。
秧田犁好了，秧田耙平了，
芒果蓓蕾刚破半，恰是撒秧好时光。
姑娘啊，别偷懒，小伙们，别眼馋，

秧田不是纺线场，快快撒下秧。

种 田 歌

（一）

走过江湖一洞山，万人生意都是难。
世上只有种田好，半年辛苦半年闲。

（二）

庄稼汉，肩上担，三点收成两点汗。
庄稼汉，你若懒，错过季节光杆杆。

种 田 倌

太阳当顶又正午，倌姐送饭到田冲。
我问倌姐什么菜，一碗鸡蛋一碗葱，
一碗咸肉炖当中。

农 田 水 利

农田水利要修好，开沟挖渠滋沃土。
不怕旱来不怕涝，能灌能排保丰产。

打 荞 麦

一笸麦，二笸麦，三笸开始打荞麦。
噼噼啪，噼噼啪，认真打来认真拍。

荞麦打得多，送你一淘箩。
荞麦打得少，明天起个早。

务农人家真叫甜

正月茶花开得早，穿起新衣忙拜年；
猪肉酒饭有得吃，做人好比活神仙。
二月杏花开得好，庄稼生活要做早；
筑好田塍开好口，还要做张毛纸槽。
三月桃花迎风开，务农生活样样全；
种稻种麦又种桑，养鸡养鸭又养蚕。
四月蚕豆鲜又甜，收成要好靠勤俭；
油菜好割豆好收，割了小麦又种田。
五月石榴红似火，车水耕田要脱裤；
黄梅闷热天烦躁，一日吃茶好几壶。
六月荷花开得美，日晒雨淋汗浃背；
三伏天气不晒背，隆冬腊月要懊悔。
七月鸡冠顶上开，秋凉天气逐日来；
做宕毛纸赚点钱，家用开销衣物添。
八月桂花香满园，起早落夜在菜田；
葱韭大蒜萝卜菜，自种自吃苦情愿。
九月菊花嫩又嫩，稻头摇晃黄澄澄；
收起谷子又种麦，务农勤劳是本分。
十月芙蓉小阳春，秋收冬种早完成；
剩下工夫修水利，修桥铺路村连村。
十一月里雪花飞，男女老少穿棉衣；
十分辛苦十分乐，家家户户皆欢喜。

隆冬腊月三九天，务农人家真叫甜；
红烛花炮送旧岁，敲锣打鼓迎新年。

土地不负勤劳人

桃花红来杨柳青，正是春耕好时辰。
河边路旁人如潮，两边土地大翻身。
种好水稻种瓜菜，屋前屋后一片青。
现在流下千滴汗，秋后换回万斗金。

一年能种两季稻

自从盘古分天地，有样事情蛮稀奇，
一年能种两季稻，产量要比单季高。
我的年纪勿算小，看见还是头一遭，
单季能改双季稻，只有新社会能做到。

铁　牛

弯腰弓背千百年，如今种田笑开颜，
铁牛奏起小康曲，农机架起致富桥。

插　秧　机

春风吹皱田里水，好像催我快插秧。
电话打到农机站，插秧机上挂红旗。
分秧排苗转轮滚，一轮一圈插水田。

不用弯腰和秧凳，脚不沾泥转圆盘。
太阳还未到头顶，我家水田一排绿。
农机省力又省时，再到邻家插秧去。

收　割　机

秋风一吹稻田黄，今年又是好收成。
田头开来收割机，收割脱粒连装袋。
镰刀不用让它锈，脱粒不用双手甩。
秸秆不用田头烧，环保用处木佬佬。

温 室 大 棚

温室大棚，格外不同，反季瓜菜，琳琅满目。
春结瓜果，冬摘大葱；圆形胡萝卜，方形大西瓜。
苹果长在瓶子里，西红柿像南瓜大。
一根荚豆两米长，彩色棉花眼看傻。
种田不能老办法，瓜菜竞开科技花。

大 棚 种 植

温室大棚田间世界，四季蔬果挂满枝头。
科学种植超越时空，棚内棚外不同风光。
温度湿度可控可调，阳光雨露随心播撒。
田间案头轻点鼠标，吸收知识汇集信息。
订单农业高速物流，枝头桌头产销一体。
绿色农业生态高效，城乡一体网连世界。

二、劳动歌谣

打 夯 号 歌

（一）

石夯圆又重呀，新土松又软呀，
大家一股劲呀，石夯往下蹾呀，
打得平又深呀，根基扎得稳呀！

（二）

我们抬起夯，修库如修仓。
水是金银宝，攒水如攒粮，
库内养鱼鸭，坝外把稻插。
引水上高原，不怕老天旱。
我们五个人，个个赛赵云。
一夯一夯打，质量有保证。
一夯压三分，抬高一米零。
高抬猛松绳，夯夯要落平。
保证不返工，不要抢口声。

步步要立稳，打夯不要慌。
大家加油干，争取当模范。
打夯立了功，争取当英雄。
英雄并不难，全靠努力干。
打夯没有巧，全在力用饱。
五人一条心，黄土变成金。
人人把劲用，争取上北京！

揹 力 歌

一根打杆二尺五，拿在手里把路杆。
上坡拿来当腿杆，过河拿来摆深浅。

采 茶 歌

头遍采茶茶出芽，手提茶篮头带花。
姐采多来妹采少，采多采少早回家，
莫让爹妈把心挂。
二遍采茶正当春，采了茶叶绣手巾。
两边绣的茶花树，中间绣的采茶人，
姐妹绣花用了心。
三遍采茶忙又忙，又要采茶又插秧。
去插秧来茶叶老，去采茶来秧又黄，
采茶插秧两头忙。

采 茶 谣

三月采茶茶要老，茶农个个心头焦。
早采三日是个宝，晚采三日变成草。

采 茶 调

正月采茶是新年，背起粪肥进茶园。
雪花卷得北风起，吹落围巾系腰间。
二月采茶茶发芽，早进茶园摘细茶。
只望今年茶价好，添置新衣搽口红。
三月采茶是清明，摘罢茶来绣手巾。
右边绣起采茶女，左边绣起耕田人。
四月采茶忙又忙，秧把打在田中央。
插得田来茶又老，摘得茶来秧又黄。
五月采茶是端阳，龙船锣鼓下钱江。
二十四个划船手，船头站的是情郎。
六月采茶热惶惶，多栽杨柳少栽桑。
情哥踩田多辛苦，杨柳长大遮阴凉。
七月采茶谷上仓，头茶没有晚茶香。
头茶香得三间屋，晚茶香得九间房。
八月采茶秋风凉，月亮脚里晚烧香。
一保爷娘身康健，二保情郎早还乡。
九月采茶是重阳，糯米煮酒桂花香。
哥卖茶叶回家转，端碗甜酒谢情郎。
十月采茶霜凄凄，纺罢纱来上织机。

织出白绫三丈五，丝绸市场摩登衣。
十一月采茶雪花飞，情哥赶牛把田犁。
灶里烧起蔸公火，熬起补膏等郎回。
十二月采茶又一年，杀只瘦猪真可怜。
拜过祖宗拜天地，妹与情哥好团圆。

采 菊 歌

石门弯弯水悠悠，白菊朵朵香飘飘。
秋风吹得满地黄，采来菊花百年香。

菊 花 谣

白色菊花宜泡茶，清凉解暑不生痧。
当初先洽南洋客，今日订单飞彩霞。

采 菱 曲

晓色网丝檐下露，小桥流水桨咿呀。
渔家有女采菱去，采得湖菱十里霞。

进 桑 园

双手打开两扇门，百样花儿观得清。
观得红花红似火，观得黄花金灿灿。
百样花儿看不尽，观得白花白如银，
观得绿花绿茵茵，要打桑叶见娘亲。

转　回　程

一路行程来得快，满山美景看不尽。
翻个山呀走过岭，自己家门拢了身。
来到门前忙站定，累得女儿汗直淋。
放下竹篮高声喊，叫声娘呀快开门。

养　蚕　歌

蚕婆婆，勤做活，做个茧儿像铁壳。
黄桶这么大，扁担这么长，黄丝压弯称号梁。

烧田蚕①歌谣

火把掼到东，屋里堆个大米囤。
火把掼到南，国泰民安人心欢。
火把掼到西，风调雨顺笑嘻嘻。
火把掼到北，五谷丰登全家乐。

①旧时正月十五前后夜间，农家用稻草扎成小把，点燃后高举火把在田间奔跑，或将火把甩上落下，口中高呼歌谣。流行于浙江桐乡，俗称"烧田蚕"，源于古代刀耕火种的生产方式。

牧　歌

我伴黄牛青山坡，黄牛吃草我唱歌。
牛儿吃得溜溜圆，日头落山才下坡。

牧 牛 呼 声

东南风吹来哎呀，暖洋洋哎。
放牛娃来来，勿唱田歌来喉咙痒呀。
绿绿的田野，清清的水。
我伴老牛走田埂，走田埂。
啊来来，啊来来，啊来来，啊来来，来……

晚霞飘来呀哎，上蓝天哎。
放牛娃来来，唱起田歌来多响亮呀。
杨柳招手向我笑，牛蹄沾花风也香，风也香。
啊来来，啊来来，啊来来，啊来来，来……

摇 船 歌

啥为天上三分白？啥为天上一点红？
啥为天上悬空挂？啥为天上锦色龙？
天上下雪三分白，日落西山一点红。
南北星斗悬空挂，乌云接日锦色龙。
啥个花开万岁身？啥个花开大忠臣？
啥个花开真君子？啥个花开黑良心？
牡丹花开万岁身，芍药花开大忠臣。
马兰花开真君子，蚕豆花开黑良心。
啥个圆圆天上天？啥个圆圆浮水面？
啥个圆圆人人用？啥个圆圆绣房中？
月半圆圆天上天，荷叶圆圆浮水面。

碗盏圆圆人人用，铜镜圆圆绣房中。
啥人看破红尘路？啥人妙计功劳大？
啥人自愿被人打？啥人用计也白搭？
徐庶看破红尘路，孔明妙计功劳大；
黄盖自愿被人打，周瑜用计也白搭。
天要落雨大风狂，雄鸡啼前拍翅膀；
船要快来双支橹，一路分出两路浪。
用力摇，用力撑，追到前船一同航；
前船就是孟姜女，后船就是万喜良。

船　　歌

叫我唱歌我就来，海涂推船慢慢挨。
有朝一日推水路，十朵浪花九朵开。

运 河 渔 歌

正月茶花迎春开，鳔鲏产卵在泥滩，
一尾产子四百零，味鲜肉嫩人人赞。
二月杏花白如银，花鱼产卵杨树根，
产得多来活得多，长得快来饵料省。
三月里来桃花红，鲤鲫产卵闹哄哄，
扎好鱼巢荡里放，不花成本鱼满笼。
四月蔷薇吐芬芳，泥鳅产卵田中央，
田中产来田中养，粮丰鱼跃人欢畅。
五月里来石榴红，鳊鱼产卵水坑中，
渔民捞它来饲养，桌上美餐鱼味丰。

六月里来荷花放，鳝鱼产卵在田塘，
自生自长产量低，人工饲养好方向。
七月里来凤仙长，白虾产卵水草上，
莫看虾子东西小，积少成多高产量。
八月里来桂花香，鳗苗成群回海洋，
渔民个个开颜笑，拦路捞来池里养。
九月里来菊花黄，河蟹美名传沪杭，
九月团脐十月尖，只只肥满称蟹王。
十月里来水仙青，甲鱼怀卵霜降临，
肉味鲜美营养好，全身是宝无虚名。
十一月里芙蓉开，四鳃鲈鱼产卵来，
味美不让松江鲈，杭嘉湖地是名产。
十二月里腊梅黄，鲭鱼留养第一桩，
人工孵化多好省，来年丰产有保障。

东 海 渔 谣

（一）黄鱼

金口银牙最风光，金面金身如金装。
头内暗嵌玉宝石，腹中膘胶赛宝藏。

（二）带鱼

头戴银盔好名声，身穿白袍水中行。
龙宫抛出青龙剑，渔网取来敬弟兄。

（三）鲂鱼

蓝甲碧袍真威风，铜身铁骨硬邦邦。
时时拿起双刀拼，只怕入网倒退亡。

（四）红虾

红甲战袍紫罗裙，头顶雉尾左右分。
长矛挺起个个惊，海中算我女红巾。

（五）墨鱼

个小胆大称智囊，身穿短衫花衣裳。
一口吐出团团烟，摇摇退退离战场。

（六）蛏子

半日浸水半钻泥，身披铁甲脚朝天。
捆着一条金腰带，日夜倒吊吼吱吱。

（七）海蜇

海内算我顶奇巧，红头面顶八只脚。
四朵鲜花无肠肚，白肉外面血结疤。

军 垦 歌

（一）

大机械，大马力，成群结队开着跑。
披红戴花放鞭炮，军垦战士乐陶陶。

（二）

条田整齐划一，喷灌齐放光彩。
柏油路通到连，旅游交通方便。
修水库，打水井，大型机械耕农田。
科技兴农见成效，产量一年更比一年高。
教学楼一幢幢，适龄儿童把学上。
文化素质大提高，社会稳定秩序好。
老军垦，退在家，养老保障有钱花。
全面发展形势好，感谢党的好领导。

风　机　转

发电机组不冒烟，远看好像是树林。
棵棵白柱高入云，三片大叶悄悄转。
要问这是啥物件？风机林立戈壁滩。
大风吹，风机转，这片树林能发电。
清洁能源再利用，生态环境我喜欢。
节能降耗可持续，科学发展谱新篇。

三、二十四节气歌谣

节 气 歌

（一）

春雨惊春清谷天，夏满芒夏暑相连。
秋处露秋寒霜降，冬雪雪冬小大寒。
每月两节不变更，最多相差一两天。
上半年来六廿一，下半年是八廿三。

（二）

西园梅放立春先，云镇霄光雨水连。
惊蛰初交河跃鲤，春分蝴蝶梦花间。
清明时放风筝好，谷雨西厢宜养蚕。
牡丹立夏花零落，玉簪小满布庭前。
隔溪芒种渔家乐，农田耕耘夏至间。
小暑白罗衫着体，大暑望河对风眠。
立秋向日葵花放，处暑西楼听晚蝉。
翡翠园中沾白露，秋分折桂月华天。

枯山寒露惊鸿雁，霜降芦花红蓼滩。
立冬畅饮麒麟阁，绣襦小雪咏诗篇。
幽阖大雪红炉暖，冬至琵琶懒去弹。
小寒高卧邯郸梦，捧雪飘空交大寒。

（三）

立春梅花分外艳，雨水红杏花开鲜。
惊蛰芦林闻雷报，春分蝴蝶舞花间。
清明风筝放断线，谷雨嫩茶翡翠连。
立夏桑果像樱桃，小满养蚕又种田。
芒种玉秧放庭前，夏至稻花如白练。
小暑风催早豆熟，大暑池畔赏红莲。
立秋知了催人眠，处暑葵花笑开颜。
白露燕归又来雁，秋分丹桂香满园。
寒露菜苗田间绿，霜降芦花飘满天。
立冬报喜献三瑞，小雪鹅毛片片飞。
大雪寒梅迎风狂，冬至瑞雪兆丰年。
小寒游子思乡归，大寒岁底庆团圆。

（四）

地球绕着太阳转，绕完一圈是一年。
一年分成十二月，二十四节紧相连。
按照公历来推算，每月两气不改变。
上半年是六廿一，下半年逢八廿三。
这些就是交接日，有差不过一两天。
二十四节有先后，下列口诀记心间：
一月小寒接大寒，二月立春雨水连；

惊蛰春分在三月，清明谷雨四月天；
五月立夏和小满，六月芒种夏至连；
七月大暑和小暑，立秋处暑八月间；
九月白露接秋分，寒露霜降十月全；
立冬小雪十一月，大雪冬至迎新年。
抓紧季节忙生产，种收及时保丰年。

（五）

立春飞雪迎新年，鞭炮齐鸣红灯悬。
富裕更知耕耘早，雨水深情润农田。
惊蛰一声山河动，三月春分艳阳天。
清明新柳松枝绿，谷雨播种忙不闲。
立夏升温热风紧，小满麦穗黄灿灿。
芒种换季育秋苗，夏至瓜果香又甜。
小暑月下织渔网，大暑蝉鸣难入眠。
立秋金风飘谷香，处暑硕果归家园。
白露凝结枫叶红，秋分十五月儿圆。
寒露霜降冰封地，立冬朔风过山川。
小雪飞絮梅花开，大雪飘舞麦芽欢。
冬至归去早春到，小寒大寒又忙年。
日月轮回时光流，气象万千一瞬间。

春光一刻值千金

自然规律须遵照，农事季节要记牢。
生产跟着季节走，五谷丰登产量高。
春雨惊春清谷天，不误农时闹田园。

玉米花生须除草，早稻抢种莫迟延。
夏满芒夏暑相连，田间管理要周全。
防涝防虫抓双抢，插完晚稻在秋前。
秋处露秋寒霜降，追肥管好晚稻田。
红薯杂粮应多种，秋植糖蔗为来年。
冬雪雪冬小大寒，森林火灾要提防。
冬种蔬菜效益好，要为明年翻两番。

一、道德风尚歌谣

公民基本道德规范歌　八荣八耻歌
言语谣（2首）　不可谣（2首）　戒赌
歌谣（4首）　赌徒谣　赌博真是害
忤逆郎　人要忠诚井要淘　让路谣
五星家庭　话题歌　教子歌　爱幼歌
敬长辈　敬老歌　孝道歌（2首）
父母就是心中佛　孩子为啥成绩差
评传销　节俭歌　节约用水　老人持
家新歌谣　就好歌　农家书屋　上网
谣　网络地球村　网络谣　网民说
心字歌　幸福歌　作秀广告　学校礼
仪歌谣（3首）　道德三字歌　学生安
全歌谣（3首）　校园安全歌谣　交通
安全歌谣（2首）　消防安全歌谣　自
然常识歌谣　自护常识歌谣　文明礼
仪歌谣　礼仪歌　低碳环保谣（3首）
处世歌谣（26首）　知足谣　莫
生气　为人处世歌　修身养性三字经

二、爱情婚姻歌谣

竹乡情歌　情歌（27首）　五更响
探妹　喜鹊恋梅　摘花椒　情歌
对唱　绣花歌　扇子歌　别歌　新
娘歌　看见你流泪　思念　国策篇
婚姻篇　生育篇　避孕节育篇
优生优育篇　计生歌谣（4首）

农
民
篇

三、卫生健康歌谣

健康十训歌　健康十害歌　卫生歌谣
预防手足口病歌谣　婴儿腹泻补液
盐　食粥歌　口味歌　食疗歌　健康
饮食歌　合理膳食谣　饮食安全歌谣
食品安全歌谣（3首）　身心健康
谣　保健歌　安康歌　老年养心歌
养气谣　养生谣（2首）　一字谣
保健三字歌　戒怒歌　寿字歌　清字
长寿歌　现代长寿歌　长寿歌　老年
乐　老人谣　全国卫生日（月）、世
界卫生日科普谣（30首）

四、儿童歌谣

春雨　摇啊摇　红绿灯　小板凳　拉
大锯　小白兔　老鼠和猫　鸟鸟飞
小燕子　鹅过河，河渡鹅　蜘蛛　小
花狗　真稀奇　西红柿　沙娃娃　一
箩麦两箩麦　田田斑斑　椿树　凑十
歌　数数歌　树阿姨　珍珍头上百花
园　小松树　树叶真美丽　野牵牛
小喇叭　葡萄架下　伞下嘻嘻哈哈
灯和星星　静悄悄　起床歌　穿衣歌
小镜子　小铃铛　学画画　大鞋子
逛公园　看画报　搭积木　小汽车
爱粮食　幸福生活哪里来　月姐姐
春游　四季娃娃　小戏迷　小小足
球赛　爸爸打工，妈妈打工　幸福的
家　我有一个家　小小中国心　天下
一家　地球大家爱　电脑宝宝来我家
学电脑　听我说句话

一、道德风尚歌谣

公民基本道德规范歌

巍巍华夏泱泱礼仪邦，文明建设四海美名扬。
欣逢民族复兴好时代，道德规范九州好风尚。
第一"五爱"根基是爱国，壮怀激烈挥汗求富强。
第二"四有"新人讲守法，井然有序国泰保民康。
第三人生处世需明礼，文明礼貌处处有春光。
第四立身兴业在诚信，天圆地方信用德如阳。
第五集体主义重团结，手手相握世界看谁强。
第六社会兴旺讲友善，盛世人和真情胜长江。
第七千秋富足在勤俭，汗水生根大地花果香。
第八见贤思齐图自强，足下有路脚印比路长。
第九劳动最美能敬业，为民服务思想竞芬芳。
第十人生价值是奉献，煤不燃烧不如石头亮。
道德规范条条要记清，三德实践点滴化修养。
中华儿女德才学识好，现代文明公民更豪壮。

八荣八耻歌

（一）以热爱祖国为荣，以危害祖国为耻

中华热土，源远流长。人民为先，祖国至上。
青春方舟，首次起航。胸怀世界，钢铁栋梁。

（二）以服务人民为荣，以背离人民为耻

一部历史，生动形象。一段语录，走进课堂。
一身正气，风流倜傥。一颗红心，热血满腔。

（三）以崇尚科学为荣，以愚昧无知为耻

充满智慧，运载梦想。解救痛楚，抚平创伤。
传承文明，营造书香。朝气蓬勃，又酷又靓。

（四）以辛勤劳动为荣，以好逸恶劳为耻

心怀感恩，热泪流淌。勤于创造，欢呼鼓掌。
培养能力，书写华章。不贪享乐，汗洒考场。

（五）以团结互助为荣，以损人利己为耻

肝胆相照，侠骨柔肠。百舸争流，自由飞翔。
克服自私，茁壮成长。告别平庸，走向辉煌。

（六）以诚实守信为荣，以见利忘义为耻

舍弃卑鄙，铸就高尚。一言九鼎，信义之邦。
实践承诺，实现梦想。亮丽光环，塑造形象。

（七）以遵纪守法为荣，以违法乱纪为耻

正义必胜，邪恶必亡。充满欢乐，拒绝忧伤。
光明磊落，娇美阳刚。承担风雨，享受阳光。

（八）以艰苦奋斗为荣，以骄奢淫逸为耻

秉承传统，无比荣光。死于安乐，息息痛痒。
语重心长，不同凡响。战胜自我，素质增强。

言　语　谣

（一）

言词警世曰箴言，言寓鞭策升格言，
言誓旦旦发誓言，言之成理叫良言，
言为心声叫忠言，言而有信成诺言，
言近旨远为善言，言路广开有谏言，
言责不罚多民言，言重不责生真言，
言者无罪闻诤言，言简意赅是直言，
言善祥瑞化吉言，言送友行道赠言，
言之婉转云婉言，言过其实变浮言，
言不及义乃乱言，言不由衷称假言。

（二）

口蜜送人的话叫甜言，耸人听闻的话叫危言，
低级趣味的话叫污言，诽谤攻击的话叫恶言，
欺骗臆造的话叫谎言，没根没蔓的话叫流言，

无中生有的话叫谣言，迷惑众人的话叫妖言，
离间计谋的话叫谗言，牢骚抱怨的话叫怨言，
不着边际的话叫滥言，放荡不羁的话叫狂言，
瞠目结舌的话叫蠢言，随便嬉笑的话叫戏言。

不　可　谣

（一）

是非事，不可干，不可歌谣记心间。
天地良心不可瞒，国家法律不可犯。

（二）

父母之恩不可忘，枕边之风不可传。
手足之情不可绝，邻里乡亲不可断。
人比我穷不可欺，人比我富不可贪。
既是用人不可疑，既是疑人不可攀。
无义之友不可交，无义之话不可翻。
无义之财不可取，无义之钱不可沾。
人家美色不可近，不明之衣不可穿。
劝君切记不可歌，终生坦然心底安。

戒　赌　歌　谣

（一）

人学百艺皆为生，唯有赌博莫去亲。
赌博场上无父子，钓鱼竿下无交情。

自古赌徒没好心，尔虞我诈成恶棍。
可使英雄变狗熊，能叫富人变穷人。
输钱皆为赢钱起，常赌常输陷得深。
输者总想捞回来，赢者贪心变黑心。
舍身忘义为了钱，行盗打劫进牢门。
功败名裂饮苦酒，妻离子散留悔恨。

（二）

劝君莫要去赌博，赌博场上害处多。
劳心伤神受折磨，吃不香来睡不稳。
柴米油盐无着落，害儿害女害老婆。
幸福家庭起风波，亲友反目结苦果。

（三）

正月梅花迎新春，赌博人来心勿清，
个个都想省力钱，十个哪有一个赢。
二月杏花闹洋洋，东三西四寻赌场，
为了赌博勿要睏，日赌夜赌到天明。
三月桃花迎清明，家家户户要祭清，
祭清钞票拿去赌，一门心思总想赢。
四月忙着要插秧，赌徒结伴上赌场，
田畈生活懒得做，偷偷摸摸赌博忙。
五月石榴红如火，欺骗妻子去赌博，
妻子流汗田畈做，自己钻进赌博窝。
六月荷花满池塘，输了钞票发癫狂，
钞票输得真异样，满身赌账怎下场。
七月青枣赶立秋，钞票输去满身愁，

真的三个勿相信，不赢回来誓不休。
八月桂花开寒露，赌博输去粜稻谷，
谷米豆麦都粜光，老婆儿女都吃苦。
九月菊花迎霜降，赌友上门讨赌账，
先来两盘过过瘾，商商量量又开张。
十月节气到立冬，赌博输去总亏空，
卖田卖地又卖屋，老婆孩子都不供。
十一月来雪加霜，讨账满门心发慌，
要躲要逃难过日，输了钞票无风光。
十二月来雪花飞，赌来赌去总是输，
无钱无米难过年，大小儿囡饿肚饥。
注：流传于浙江永康民间。

（四）

地方街市，出个荡子。街上嬉嬉，啃啃瓜子。
麻将搓搓，打打骰子。三台过了，输了银子。
一份家产，输完该死。心想翻本，去做贼子。
警察抓牢，心中吓死。坐牢拘留，蚊虫咬死。
赤里踝脚，地下烫死。头发养起，蓬头虱子。
十赌九死，不赌正是。
注：流传于浙江温州民间。

赌 徒 谣

一心赢钱，两眼熬红，三餐无味，四肢无力，
五业荒废，六亲不认，七窍生烟，八方借债，
九陷泥潭，十成灾难。

赌博真是害

嗜好把牌抹，想想真是傻。
暑热汗水流，冬冷浑身麻。
吃穿不舍花，输了给人家。
罪过自己受，别人还笑话。
看着是玩耍，内心都奸诈，
遇到一点叉，几乎要打架。
啥活不想干，整天光想耍，
孩子撅着嘴，妻子也嘟嗒。
若被公安抓，丢人还被罚，
细想牌场事，赌博真是害。

忤 逆 郎

麻雀尾巴长，娶妻忘了娘。
我曾抬过杠，这话不妥当。
乌鸦尚反哺，谁会忘爹娘。
近来听一事，教你气满膛。
俺村人叫羊，今年七十上。
四十得贵子，高兴真非常。
冬天抱怀中，夏天放阴凉。
儿子哭一声，如箭穿胸膛。
儿子吃白馍，他常喝稀汤。
儿子有了病，住院卖家当。
他说为了儿，老命愿搭上。

可怜父母心，儿子否体谅。
自从娶媳妇，儿脸慢变样。
开始不搭理，继尔常兑光。
媳妇一嘟囔，儿恨怨爹娘。
日子没法过，分家隔院墙。
院里栽棵树，七把粗以上。
那天儿卖树，老俩忙拦挡。
树是俺们栽，到死里头装。
儿子怒砍树，儿媳骂嘴上：
死了有办法，拉出挖个坑；
你咋不会死，死了唱春风。
老头气不过，和媳论理讲。
儿子动了怒，打爹两巴掌。
亲戚闻讯到，要揍忤逆郎。
老头忙拦住，家丑不可扬。
干部批评儿，他替儿帮腔。
儿子不领情，反说爹露能。
不送一分钱，不给一粒粮。
房子倒歪斜，两头透风堂。
如今无人管，住在烟坑房。
早知儿如此，绝户咱也当。
好心劝大家，别学忤逆郎。
人人都会老，代代是榜样。

人要忠诚井要淘

锣要打，鼓要敲，人要忠诚井要淘。

井淘三遍有好水，人忠三代志气高。
好儿女要父母教。

让 路 谣

空手让挑担，轻担让重担，
重担让大担，大担让扛箱。
男人让女人，女人让老人，
老人让孕妇，孕妇让盲人。

五 星 家 庭

家中没有致富星，小康路上难脱贫。
家中没有孝爱星，亲朋好友不登门。
有钱难买和谐星，儿女婚事不用愁。
五星临门喜事多，致富理家精气壮。

话 题 歌

农民见农民，化肥种子和儿孙。
工人见工人，住房工资和奖金。
老板见老板，轿车机票和产品。
白领见白领，手机电脑和爱人。
学生见学生，校景班风和考分。
孩子见孩子，猫儿蟋蟀和树林。

教 子 歌

出自己的力，流自己的汗。
自己的事情自己做，自己吃的自己的饭。
靠人靠天靠祖宗，不算是好汉。

爱 幼 歌

美德优，爱小幼，大帮小，品德优。
小幼玩，满身土，帮洗脸，帮洗手。
小幼错，细说服，不讽刺，不羞辱。
小幼哭，书包丢，帮寻找，多叮嘱。

敬 长 辈

河里水草碧波清，小辈应当敬长辈。
浮岸草离根跑得远，豆板草贴泥勿离分。

敬 老 歌

人到老，眼不好，牵着手，走平道。
老爷爷，牙不好，送稀饭，送蛋糕。
老奶奶，腿不好，多搀扶，防跌倒。
美德教，尽孝道，人人学，不能抛。

孝 道 歌

（一）

父母养儿女，恩情重如山。
人老年纪大，千万不能嫌。
衣被勤洗换，饭菜要煮烂。
生病请医生，侍奉在床前。
入冬添棉被，老人怕天寒。
入夏蚊子咬，挂帐睡得安。
看戏看电影，接送勤扶搀。
凡事想得细，给点零花钱。
老人心中乐，益寿又延年。

（二）

讲美德，知孝敬，孝父母，敬师朋。
父为上，母为圣，为儿女，苦一生。
多体谅，不任性，尽孝道，保品行。
时时记，养育情，图报答，成良栋。

父母就是心中佛

人生在世孝为先，传统美德永不变。
父母献给咱一切，理应敬孝来报还。
做个父母实不易，抚养儿女更是难。
十月怀胎身受苦，分娩如过鬼门关。

一把屎来一把尿，奶水不足奶粉添。
洗洗涮涮把奶喂，无微不至来照看。
夜间焉能休息好，白天还得把活干。
幼儿生病心胆跳，急忙想法上医院。
花钱多少全不顾，保住性命是关键。
刚要会走不离手，担心怕到马路边。
精心照顾细呵护，几岁就到幼儿园。
朝夕接送不辞苦，不管酷暑与严寒。
小学初中及高中，一上就是十几年。
高中毕业上大学，一年至少得上万。
大学毕业年岁长，谈婚论嫁紧相连。
儿女结婚盖新房，哪点都得父母办。
盖房结婚花费大，处处都得需要钱。
一生积蓄早花净，手背朝下求人难。
一个儿女心费尽，儿女若多更难办。
父母操心白发长，身体渐疲皱纹添。
疾病常侵身体弱，百般痛苦无法言。
年老耳背听不清，经常打岔惹人烦。
眼睛模糊视不明，常把李四当张三。
端碗夹菜手发抖，涕水经常流满面。
太多毛病为废人，残留老命在世间。
皆是为孩操身心，心血耗尽病态现。
也是人生必经路，正确面对别心烦。
晚辈如何来尽孝，一言一行来体现。
这是天理难推卸，责无旁贷必承担。
父母面前常相聚，知冷知热想周全。
贴心话儿床头唠，老人心里比蜜甜。

如有疙瘩速化解，不对地方早道歉。
父母如吃顺心药，心胸开阔能延年。
如若在外常回家，老人盼儿眼望穿。
老人其实无他求，一声问候顶千万。
多少话儿相互唠，分外高兴笑容添。
儿女相伴天伦乐，到老才有真体验。
二老行为若有误，千万不要给脸看。
若见儿媳丢脸色，内心难受似刀剜。
人若到老似小孩，毛病脾气时常见。
只求晚辈多理解，不必计较心放宽。
老人心顺少生病，免得求医少花钱。
儿女若多别攀比，能力大小不一般。
各尽所能诚尽孝，父母心中有秤杆。
尽孝好赖都有数，自己良心来把关。
但愿天下众儿女，孝字永远记心间。
真心敬老到实处，赢得老人称心愿。
二老心悦身体壮，阳间准能多延年。
孝子到哪有人敬，众人诚心把你赞。
若想求财财顺利，财源滚滚进家园。
到哪神佛也保佑，干啥吉星在眼前。
父母就是心中佛，家中礼佛不求远。
倘若你不孝父母，庙中烧香也枉然。
世人都应尽好孝，世世代代往下传。

孩子为啥成绩差

孩子小时候，根本不懂啥。

抱孩常抹牌，出牌孩子拿。

慢慢儿长大，争着把牌打。

看着怪捣蛋，出牌也不瞎。

开始去学校，成绩并不差。

自从到中学，成绩急剧下。

打听才知道，夜夜把牌抹。

老师把他训，家长把儿骂。

孩子不服气，耍耍犯啥法？

这个耍牌瘾，还是你染下。

父母很内疚，被儿揭疮疤。

点头说也是，不觉泪珠下。

想想罪归己，深感太傻瓜。

今日发誓言，啥牌也不抹。

评 传 销

说传销，道传销，传销坑人真不少。

几个歹人设圈套，编成筐筐让人跳。

先说产品如何好，世界各地都畅销。

一年能挣几十万，看你阔套不阔套。

说得人们心痒痒，好似猫爪轻轻挠。

产品本来不值钱，可是硬说上千元。

三千二千买一套，用后根本没有效。

先参加者挣两钱，后者气得干号啕。

有人白白卖猪牛，有人白白把粮粜。

下线人员怀恨你，说你引他把坑跳。

劝人切莫再上当，传销尽是把人捣。

节 俭 歌

财源广进，俭朴节用，俭可养廉，亦可补勤。
俭朴传家，谨记厉行，用而不奢，俭而不吝。
衣不厌旧，食不贪丰，丝缕不易，颗粒艰辛。
煤水气电，生活日用，浪费可惜，节俭为荣。
物力维艰，巧施妙用，兴废为宝，整旧如新。
有当思无，富当虑贫，细水长流，筹划精心。
踊跃储蓄，存零取整，聚沙为塔，举业有成。
红白庆典，礼仪往来，民风当淳，陋习须改。
感情简酌，答谢内外，电函致意，鲜花表怀。
阔者抛金，滥立异规，平民争脸，攀比追随。
尽倾积蓄，高筑债台，因乐招忧，苦果自摘。
良风辅政，陋习伤民，移风易俗，开创新风。

节 约 用 水

节约用水好习惯，从小培养是关键。
倡导节约新风尚，浪费陋习要反对。
发现漏水早报告，跑冒滴漏不可有。
用水之后要牢记，及时关闭水龙头。
绿化也要节约水，推广使用喷滴灌。
节约珍惜每滴水，建设节水新校园。

老人持家新歌谣

人到古稀，顺其自然；心胸放宽，享受清闲。
为了子女，主动让贤；持家总则，民主放权。
稳掌船舵，管理要严；教育儿孙，忠孝为先。
尊老爱幼，礼貌周全；恪守道德，朴素勤俭。
诚信自信，积善清廉；勤奋工作，为国奉献。
家庭琐事，莫要纠缠；难得糊涂，和谐友善。
儿孙再多，不要偏袒；母爱如水，父爱如山。
清水一碗，双手平端；儿女矛盾，深入调研。
遇事三思，切忌乱言；相互理解，互不埋怨。
学会宽容，忍让为先；不要生气，减少事端。
儿孙有错，是非明辨；正确引导，多多夸赞。
遇有难事，不随心愿；切忌发怒，更勿传言。
倾心相助，耐心指点；总结教训，切莫迟缓。
老少之间，促膝交谈；平等相待，心心相连。
人虽暮年，志在久远；吟诗作画，坚持锻炼。
身强体健，怡乐陶然；科学持家，夕阳无限。
家庭和睦，福禄寿全；守望幸福，颐养天年。

就　好　歌

老公晚归，回家就好。老婆唠叨，体贴就好。
情人诱惑，不惹就好。家贫家富，和气就好。
位高位低，尽职就好。小孩长大，感恩就好。
名牌精品，能穿就好。一切烦恼，忘了就好。

信念执著，有为就好。短暂一生，平安就好。
心好德好，声誉就好。修行修艺，慈善就好。
天地万物，想开就好。珍惜光阴，勤奋就好。

农 家 书 屋

农家书屋进了村，村里户户读书声。
学好科技种好田，学好经济算得清。
书声飞向云天外，天上神仙也吃惊。
昔日处处睁眼瞎，今朝个个明白人。

上 网 谣

信息新时代，上网好自在。
鼠标一点通，世界扑面来。
新闻任浏览，资讯任安排。
你可听音乐，还可看球赛。
电视动人心，小品更开怀。
庸俗绝不看，文明我最爱。
页页现惊喜，秒秒享精彩。
天天长才智，日日笑颜开。
网络伴人生，大步向未来。

网络地球村

网络地球村，亿民大家庭。
山水无隔阻，沟通瞬间近。

奇闻异事晓，天下知识纭。
万美闪多彩，良策纷纷呈。
科技舞台大，才艺凭君献。
良师益友多，随意结真情。
论坛由您聚，佳文尽意品。
心语任释放，善恶大家评。
丑恶多抵制，美德众口擎。
文明新风尚，你我都该尊。
人人展美好，家和万事兴。

网 络 谣

网络好，网络牛，有人喜欢有人愁。
网络是张曝光台，贪官污吏晒出来。
网络是面照妖镜，坏人丑事藏不住。
网络是个监控器，刨根问底不放弃。
网络是柄钟馗剑，妖魔鬼怪心胆寒。
少作恶，多行善，网络不会找麻烦。

网 民 说

有事没事上上网，看看新闻聊聊天。
雅虎腾讯和凤凰，网易搜狐和新浪。
逛完猫扑走天涯，聊天室里换马甲。
口诛笔伐齐围观，揭露丑恶扬正气。
路见不平一声吼，要让贪官抖三抖。
热爱黄河和长江，环保低碳要提倡。

爱国爱家爱生活，国强民富保安康。

心 字 歌

为人要实心，交友要真心。
待人要诚心，扶助要爱心。
经商要良心，做官要净心。
学习要虚心，治学要潜心。
思考要静心，观察要细心。
工作要热心，办事要用心。
策划要精心，立志要雄心。
创业要决心，攀登要恒心。
众人要齐心，成功要信心。
生活要开心，报国要忠心。

幸 福 歌

屋大屋小，能住就好。钱多钱少，够花就好。
位高位低，快乐就好。吃细吃粗，健康就好。
车快车慢，平安就好。家富家贫，幸福就好。
谁是谁非，和谐就好。你好我好，世界美好。

作 秀 广 告

作秀广告快走开，商业诚信讲实在。
药灵何必明星配，搭上小孩更不该。
贪财广告快走开，生意好经莫念歪。

利益分沾机关算，吹嘘竟叫托儿来。
骗人广告快走开，早晚押上审判台。
公民社会重公德，楚歌四面驱公害！

学校礼仪歌谣

（一）校园礼仪歌

进校门，守秩序，单行行，不拥挤。
见师长，先问好，懂礼让，要热情。
课堂上，要动脑，写作业，要仔细。
课间操，认真做，眼保操，要做好。
十分钟，备学具，不喧哗，不追跑。
放学时，路队齐，出校门，守交规。
新世纪，好少年，懂文明，有礼貌。

（二）学习礼仪歌

眼睛仔细看，看老师、看黑板，还要看书本。
耳朵专心听，老师讲课用心记，同学发言仔细听。
小手认真做，小手举得高，字儿写得好。
发言声音响，读书有节奏，发言要大胆。
脑子勤思考，问问为什么，想想怎么办。

（三）家庭礼仪歌

放学后，就回家，见家人，问声好。
生活上，不摆阔，乱花钱，可不好。
尊长辈，懂孝敬，耍脾气，不能要。

听教导，常汇报，自己事，独立做。
生活上，有规律，学习紧，休息好。
看电视，上电脑，乐中学，少不了。
今天事，今天了，做计划，想周到。
三字经，要记牢，说得到，做得到。

道德三字歌

小学生，守校规，穿衣服，要整洁。
见老师，敬个礼，见同学，问声好。
上课时，认真听，勤举手，多动脑。

学生安全歌谣

（一）

上学回家按时好，不要早退和迟到。
走路要走人行道，不要追逐和打闹。
饮食一定要卫生，不喝生水零食少。
游泳要有大人带，不要玩水听劝告。
安全公约要记牢，会背能懂要做到。
积极行动勤学习，长大为国立功劳。

（二）

花儿开，鸟儿叫，校园景象好热闹。
教室走廊空间小，不追逐来不打闹。
校内走，慢步行，礼仪常规记在心。

课间时，轻声语，大吼大叫不文明。
上下楼梯要注意，一律靠着右边行。
拐弯处，莫急跑，以免把人来撞倒。
课间操，益身体，出入排队守秩序。
打乒乓，学投篮，都要按照规则办。
滑楼梯，让人惊，摔下楼梯不会轻。
护栏边，有危险，向下观望悬又悬。
篮球架，不要吊，如果掉下不得了。
体育课，守纪律，不听安排易出事。
做游戏，要文明，危险游戏要伤身。
窗台边，离开点，向下观望有危险。
小学生，莫玩火，星星之火可燎原。
大火烧着慌了神，重大责任难脱身。
河水涨，不要过，免得遭来杀身祸。
绕道行走才安全，雨过天晴乐盈盈。
背书包，带黄帽，路上要走人行道。
遇车辆，莫拦阻，爬车拦车都不好。
出了事故伤了人，轻留疤痕重献身。
遇矛盾，告老师，不要武力来比拼。
做事情，想仔细，安全大事放第一。
说安全，唱安全，安全时刻记心间。
时时注意言和行，家长老师才放心。
教师学生同参与，校内校外享平安。

（三）

我来问，谁来答，平安行动要做啥？
你们问，我们答，自护自救要记下。

讲卫生，防中毒，平安饮食要记下，
中毒急病要沉着，快给 120 打电话。
用煤气，用电器，平安用火要记下，
发现火情要果断，快把 119 来拨打。
过马路，乘车船，平安交通要记下，
发生事故要冷静，快给 122 打电话。
防溺水，防绑架，平安生存要记下，
紧急情况要理智，快把 110 来拨打。
我们问，谁来答，谁的行动决心大？
问得好，齐回答——
平安使者，平安娃！
啪啪啪，啪啪啪，啪啪啪啪啪啪啪！
我自护，我平安，我快乐！

校园安全歌谣

教室内，不打闹，管制刀具不能带。
走廊里，勿玩耍，不扔东西不喧哗。
上下楼，别拥挤，大让小要懂礼貌。
集合时，莫推搡，快静齐要记心上。
病事假，不到校，及时要把假条交。
有疾病，早报告，适量运动少跑跳。
单双杠，爬吊杆，先学规则再实践。
做实验，要规范，操作细心人安全。
化学品，入眼睛，清洗马上送医院。
清扫毕，关门窗，莫要大意防受伤。
放学后，莫贪玩，同学结伴早回家。

遵班规，守校纪，和谐校园有秩序！

交通安全歌谣

（一）

出车之前讲安全，遵守法规保平安。
开车之前要检查，细心观察除隐患。
车动之前先鸣笛，防止车辆出问题。
车速千万不能快，十次事故九次快。
中速行驶好处多，千万不能开飞车。
转弯之前要注意，谨慎驾驶不麻痹。
减速鸣号靠右行，莽撞容易出险情。
两车相会讲礼貌，礼让三先要做到。
下坡首先让上坡，空车应该让重车。
超车之前先鸣号，道路不宽不能超。
强行超车危险大，赌气开车更可怕。
城镇车马行人多，行车牢记守规则。
判断情况要准确，处理问题要灵活。
火车道口易闯祸，一慢二看三通过。
简易公路小桥多，不要桥上来会车。
山路崎岖险情多，注意转弯和会车。
下山不要放空挡，上山不要急冲坡。
下雨行车条件差，容易打滑最可怕。
方向油门运用好，防止车辆两边跑。
冰雪路滑车似船，处理情况要提前。
风雪雨雾视线暗，车速一定要减慢。

夜间行车视线差，灯光不好有危险。
急事行车莫慌张，精心驾车莫莽撞。
前后左右勤照看，稳住油门别蛮干。
以上经验用血换，行车安全在心间。
为了你我他幸福，开车一定要安全。

（二）

上马路，眼要明，人行道上右侧行。
红灯停，绿灯行，斑马线上快通行。
拐弯处，莫急跑，以防对方来撞倒。
想踢球，上操场，场地宽大最理想。
遇隔栏，不要钻，容易撞车太危险。
要骑车，十二岁，带人上路可不对。
乘汽车，坐火车，头手不伸窗外边。
上公交，别靠门，防止掉下摔伤人。
车停稳，再下车，周围情况要看准。
莫粗心，莫大意，交通法规要牢记。

消防安全歌谣

青少年，莫玩火，星星之火别马虎。
电插座，别妄动，开关不能乱摆弄。
煤气闸，别乱开，煤气中毒酿成灾。
燃气泄，禁灯火，打开门窗空气过。
遇中毒，快转移，人工呼吸可救急。
湿手布，远电器，发现裸线快告急。
电设施，有问题，要让大人来处理。

不小心，有意外，断开电源动作快。
玩风筝，远闹市，千万不能碰电线。
变压器，不能攀，高压电源很危险。
记出口，熟环境，发现火情早报警。
酒精火，不用水，湿布一捂火自退。
扑电火，要冷静，水和湿布不能用。
灭火器，要慎用，拔瞄压喷是关键。
湿毛巾，捂口鼻，弯腰疾走快撤离。
离险地，不贪财，不入电梯走楼梯。
烟火猛，快隔离，滑绳自救找窗口。
火上身，勿惊跑，没水赶紧地上滚。
不玩火，不玩电，消防安全常相伴！

自然常识歌谣

雷雨天，藏室内，高楼阳台不能去。
闭门窗，闭开关，防止雷击一瞬间。
低凹地，蹲下身，高墙大树不靠近。
导电体，抛远处，金属雨伞也危险。
高耸物，要远离，别打电话和手机。
高压线，有危险，工地岗亭莫进去。
地震来，找出口，快往空旷地方走。
跑不及，不要慌，厕所厨房可躲藏。
家具下，内墙角，注意把头保护好。
建筑物，广告牌，狭窄胡同不停留。
地震停，莫回家，余震危险更可怕。
地震后，若被埋，保存体力等人救。

讲科学，重安全，自然常识记心间！

自护常识歌谣

独在家，人敲门，不要言语不要问。
家钥匙，别外借，防止偷配来行窃。
出门行，要结伴，身心安全有防范。
陌生人，不要理，警惕坏人伤害你。
口出言，要和气，对方才不发脾气。
恶作剧，能伤人，玩耍适度别大意。
精神病，醉酒者，莫要取笑赶紧躲。
遇暴力，善应变，确保自身得安全。
遇歹人，难逃脱，快击对方要害点。
人群中，遇拥挤，顺流走动护身体。
乘电梯，遇故障，不要撬门不要撞。
逢年节，遇婚庆，远离爆竹爱生命。
遇火警，119，报警拨打 110。
病情急，120，出事地点要说明。
安全歌，要记清，父母老师都高兴。
我安全，我成长，振兴中华我能行！

文明礼仪歌谣

初次见面说"久仰"，好久不见说"久违"。
等候客人用"恭候"，客人来到称"光临"。
未及欢迎说"失迎"，起身做别称"告辞"。
看望别人称"拜访"，请人别送用"留步"。

出门送客说"慢走"，与客道别说"再来"。
请人休息称"节劳"，对方不适说"欠安"。
陪伴朋友用"奉陪"，中途告辞用"指教"。
求人解答用"请教"，盼人指点用"赐教"。
欢迎购买用"惠顾"，请人受礼说"笑纳"。
请人帮助说"劳驾"，求人方便说"借光"。
托人办事用"拜托"，麻烦别人说"打扰"。
向人祝贺说"恭喜"，赞人见解称"高见"。
对方来信称"惠书"，赠人书画题"惠存"。
尊称老师为"恩师"，称人学生为"高足"。
老人年龄说"高寿"，女士年龄称"芳龄"。
平辈年龄问"贵庚"，打听姓名用"贵姓"。
称人夫妇为"伉俪"，称人女儿为"千金"。

礼 仪 歌

悠悠华夏五千年，礼仪之邦美誉传。
坐卧站行皆有姿，微笑对人魅力显。

低碳环保谣

（一）

地球讲环保，低碳很重要。
人人自觉行，家家能做到。
科学用电脑，节能灯管好。
空调低一度，煮饭米先泡。

太阳能洗澡，流水不跑掉。
如厕巧用水，冰箱少开门。
外出常慢跑，购物自带包。
办公无纸化，省钱又环保。

(二)

物质丰富生活好，低碳减排不可少。
随手关灯拔插销，避免过度用空调。
垃圾分类事情小，文明城市离不了。
和谐宜居好环境，大家一起来创造。
身边小事成习惯，举手之劳为环保。

(三)

低碳似乎看不见，其实就在你身边。
衣服能穿不买新，就餐尽量不剩饭。
装修房屋求简单，骑着车子上下班。
节约用水成习惯，人走随手电器关。
少乘电梯节省电，爬个楼梯身体练。
空调尽量少开启，实在热了扇子扇。
少看电视多看书，少用计器打算盘。
说到此处算一段，低碳生活就实现！

处 世 歌 谣

(一) 气节歌

败而不馁胜不骄，傲骨凛凛硬似刀。

富贵不能淫正气，贫贱不能移志高。
威武不能屈气节，八面寒风不折腰。
人中白鹤百世敬，竹节青青入云霄。

（二）宽容歌

大将额前能跑马，宰相肚内能撑船。
严于律己易成器，宽以待人路更宽。
斤斤计较讨人厌，睚眦必报多仇怨。
得道多助失道寡，大人不计小人嫌。

（三）勿悔篇

人生从来少坦途，无过之人自古无。
与其顿足深懊恼，不若取训思克服。
达明观事向前看，积极乐观烦恼除。
他人之议何足论，自得其乐真幸福。

（四）惜时篇

人生短短如电光，虚度光阴使人伤。
但凡成才之伟器，莫不单日当一双。
兼程而进倍努力，勇往直前向前方。
用好分秒余时隙，方可粒米积成仓。

（五）惜春篇

一岁春风逝尽冬，和风送暖草木荣。
草木还有重生日，谁见白发返复青。

（六）交友篇

交友亦有善恶分，竹兰相投是真君。
投桃报李各进益，兰金之友换真心。
最忌贼友与昵友，大祸临头各自奔。
诤友知己从来少，人生百岁逢几人。

（七）识人篇

待人接物知人难，人别善恶与忠奸。
察人未单听人论，观其言行否一端。
眼眸深处藏直曲，心明眼正是良贤。
言为心声隐好恶，静心细品识心田。

（八）进退篇

君子应知进退方，时机不到且隐藏。
妆未梳成未见客，势弱稍时敛锋芒。
腹隐良谋待机至，东山再起斗志昂。
遥想曹刘煮酒事，高明刘备扮愚郎。

（九）观机篇

待机而举是良谋，成竹在胸方可求。
默默无闻积实力，时成奋起定春秋。
昔楚庄王初登位，三载不发号令休。
不鸣则已鸣即震，一举伐齐胜徐州。

（十）礼信篇

君子平等待众人，上而不媚下不嗔。

盛气凌人人切恨，傲慢无礼伤人尊。
临财见色不失足，逢冤遇怨敛芒针。
言而有信行必果，德贯天地照古今。

（十一）谦虚篇

人非圣贤难自清，需使明人做点评。
虚怀若谷使人敬，谦以待人事业兴。
词圣大家辛弃疾，自引佳作访顽童。
当时文豪范仲淹，请教尹洙墓志铭。
海纳千川万江瀚，学集百家见解精。

（十二）少欲篇

金丝鸟，银毛猴，纸醉金迷宝光楼。
天下美物多的是，勿要贪图少追求。
玩物丧志损气节，劝君牢牢记心头。

（十三）戒淫篇

淫欲之欢片刻间，后来灾害重如山。
慧心剑斩淫魔去，快乐逍遥似神仙。
若要戒欲很简单，一念不动即过关。
勿思新奇清心乱，便是逍遥自在仙。

（十四）齐家篇

贤良最重家风正，鼠子生来学打洞。
身教胜于言传好，德本之家有余庆。
孟母三迁择良邻，方出贤达齐孔圣。
岳母刺字育忠良，鹏举志在山河定。

（十五）夕阳篇

人生如戏唱不休，百代过客不可留。
天从不遗一老落，迟暮旦夕入云幽。
人能知此自寻乐，无忧生死几时收。
随遇而安自量力，俭衣淡茶已是周。
儿孙理应自图志，无劳白发恋忧愁。
金银难保儿孙业，贵在德本心中留。
力所能及献余热，余晖放彩有追求。
琴棋书画自取意，宝刀不老雄赳赳。

（十六）学问篇

学问就在学问间，勤学好问出良贤。
尺有所短寸有长，人中处处隐明先。
从师多人集群智，青出于蓝胜于蓝。
非学无以成广器，不博怎能成一专。

（十七）专心篇

为人就怕心不专，笨鸟先飞可领先。
当初华罗庚出世，学智平平苦贫寒。
严师疾训如针刺，从此立志苦登攀。
终成学界一伟器，数学宫殿夺桂冠。

（十八）刻苦篇

好少年，能吃苦，苦中有乐真幸福。
莫争吃穿比条件，豪杰多能忍寒暑。
好少年，记清楚，祖逖早岁闻鸡舞。

少小立下雄心志，风雨铸就钢铁骨。

（十九）读书篇

休道读书苦，至乐在其中。
人生活一世，理应早奋征。
莫待白首日，头昏两手空。
本是良言句，字字要记清。

（二十）立志篇

莫道年纪小，立志应图早。
风帆万里渡，始于岸边锚。
休学屋头草，不耐北风嚎。
千尺高楼立，根基要打牢。

（二十一）求新篇

常规俗见未必牢，前人知识过河桥。
渡得迷津赴对岸，对岸风光无限好。
学问理应勤动脑，刻苦钻研善思考。
名家权威未必对，后来居上不为少。

（二十二）执著篇

求取目标要执著，三朝吃素怎成佛。
走路撞树陈景润，一心就在数学国。
如醉如痴数牛顿，伤痛方知被火灼。
精诚所至金石开，水到渠成路路活。

（二十三）补拙篇

笨鸟先飞晚入林，补拙唯有靠苦勤。
生物学家童第周，以弱搏强技超群。
勤而能熟宜多练，熟能生巧如用神。
业精于勤荒于嬉，功夫不负有心人。

（二十四）远害篇

木秀于林直先伐，人中白鹤惹麻烦。
出头椽木总先烂，智者善把吉凶察。
行于瓜田李树下，宜防人疑盗李瓜。
瓜李之嫌尤应忌，避嫌远害无上佳。

（二十五）戒心篇

善恶到头终有报，只争来早与来迟。
损人害物害自己，劝君莫要半念迷。
一失足成千古恨，蚁穴可毁万里堤。

（二十六）恒心篇

浅尝辄止成事难，征途路上少平坦。
迪生发明电灯泡，先后失败超两千。
冷嘲热讽劈头过，未摇半点志如山。
屡败屡战方成器，败中取胜登峰巅。

知 足 谣

多欲多苦海，少欲少烦煎。

知足人常乐，无病胜神仙。
身长七尺汉，卧地一床眠。
有衣身一件，不忧为虫蛀。
钱财随手过，何必日夜担。
儿孙自有福，厚薄宿业牵。
教养识礼仪，守法敬人天。
随缘营福化，勿迷牛马甘。
福荫过为恶，终果泪斑斑。
食饮方度命，过量是痴贪。
清淡薄财养，慈悲心自安。
静夜扪心问，知过速改迁。
但责自己错，勿见人过全。
为人能当此，何处惹烦嫌。

莫 生 气

人生就像一场戏，因为有缘才相聚。
相扶到老不容易，是否更该去珍惜？
为了小事发脾气，回头想想又何必！
别人生气我不气，气出病来无人替。
我若气死谁如意，况且伤神又费力。
邻居亲朋不要比，儿孙琐事由他去。
吃苦享乐在一起，神仙羡慕好伴侣。

为人处世歌

社会是个大家庭，张王李赵在其中。

你追我赶共前进，积极向上争光荣。
亲朋故旧同窗友，肝胆相照须坦诚。
互相帮助善为本，团结友爱鱼水情。
你敬我爱互尊敬，先尊别人为最聪。
比人要比人之长，谦虚谨慎人称颂。
金无足赤人无全，求全责备不可行。
严于律己是美德，铲除劣习与恶风。
饮酒吸烟人常情，烟酒过量害非轻。
损害身体是小事，丑态百露坏名声。
嫖赌更是人人恨，偷抢拐骗犯律刑。
如若踏入迷途径，死路一条败门庭。
嫌贫爱富世通病，君子理应逆俗行。
越是贫者越要敬，千古流芳传美名。
不管富贵和贫穷，勤俭节约以为荣。
勤俭犹如摇钱树，节约家产才丰盈。
贪图横财非正路，发家致富靠劳动。
财是福来又是祸，用财不当祸不轻。
无论个人或家庭，阴阳之气要平衡。
处置世间人和事，中和之道最畅通。
坑害别人如害己，一时得强莫逞能。
善恶有报时不到，时机一到全报应。
如若遇到不顺事，切莫忧愁把气生。
心平气和要冷静，宽宏大量保顺通。
获得荣誉莫骄傲，功劳大小全归公。
一人独创虽可喜，莫忘手下小卒兵。
人要做事必出错，一马当先责任承。
即使与己无大关，不能推舟顺水行。

平时要做大肚汉，大事小事都能容。
宰相肚里能撑船，哈哈常笑乐融融。
事能知足心常乐，人到无求品自成。
该有事者即有事，心静神安得长生。
人如立志要远宏，实事求是要适中。
努力奋斗要坚定，愚公移山定能成。
职业没有贱贵分，关键在于勤与精。
掏粪工人时传祥，同样受到人尊敬。
居官为宦为公仆，直道而行事事清。
为官清廉秉气正，铁面无私学包公。
身为百姓父母官，爱民犹如爱眼睛。
弄权枉法欺百姓，千秋万代落骂名。
高官平民虽有别，家庭和睦一脉通。
男女老少要平等，尊老爱幼好家风。
对待子女莫宠爱，切莫望子速成龙。
教育方法要得当，炼铁成钢当栋梁。
计划生育是国策，匹夫有责要记清。
生男生女一个样，优生优育是精英。
吃饭还是家常饭，青梅竹马情意浓。
夫妻恩爱泰山重，白头偕老幸福程。
对待老人要孝敬，生死不忘父母情。
父母为子洒血汗，忤逆不孝天不容。
热爱祖国人本性，报效国家要尽忠。
中华民族之美德，世世代代永继承。
说者容易做者难，真正做人要下功。
历尽人间沧桑事，一点一滴自然成。

修身养性三字经

天有道，地有规，人遵循，不可违。
生死命，富贵天，不争取，非实言。
日出作，日落宿，劳与逸，要有序。
白天动，夜间静，动与静，养生命。
动养身，静养心，学养脑，食养魂。
年在春，日在晨，早活动，有精神。
种庄稼，养花鸟，猫与狗，也热闹。
练书法，学绘画，苦与恼，全搬家。
唱唱歌，跳跳舞，忧与愁，全没有。
读读书，看看报，天下事，全知道。
下象棋，搓麻将，输与赢，扔一旁。
勤劳作，闲游逛，劳过度，身体伤。
民生存，食为先，觅谷菜，养分全。
日三餐，要正常，勿暴饮，七八量。
中西药，尤可贵，除病邪，亦必备。
身患病，求医治，信科学，莫迟疑。
人有情，性有爱，贪色重，身受害。
亲人故，必悲哀，生死别，要想开。
不顺事，莫气烦，忍与让，天地宽。
无私欲，心底宽，秉气正，乐无边。
要做人，心要正，扬美德，人称颂。
对待人，善为本，互帮助，共前进。
多行善，积大德，众人夸，心无愧。
与人交，和为贵，生百福，万事顺。

扬人长，补己短，虚心学，谨与谦。
人敬尺，我敬丈，心换心，谊永长。
尊别人，如尊己，亲人乐，自己喜。
害别人，如害己，善恶报，是常理。
财是福，又是祸，用不当，出大过。
偷与抢，拐与骗，犯律刑，坐大监。
嫖与赌，吸大烟，损身体，众人烦。
恶劣习，身不染，心神安，精神焕。
善者颂，恶者厌，惩腐恶，敢当先。
扬正气，树良风，今人赞，后人颂。
立宏志，要适中，创大业，学愚公。
要致富，靠劳动，勤与俭，家产丰。
览群书，广读报，靠科技，财富造。
小家庭，要温暖，老与少，不可偏。
老爱幼，幼尊老，人本性，天地造。
父母生，血汗养，如不孝，丧天良。
树有根，水有源，夫妻情，紧相连。
海水枯，山石烂，夫妻爱，永不变。
粗布衣，家常饭，白头老，幸福年。
对子女，莫宠爱，靠教育，培英才。
教子方，要得当，炼优钢，当栋梁。
计生育，是国策，人遵守，匹夫责。
生男女，一个样，优生育，精英当。
身为官，学包公，铁无私，为政清。
为官正，为官廉，为官清，明镜悬。
父母官，是公仆，爱庶民，辛茹苦。
扬正气，除邪恶，为百姓，生命豁。

千民颂，万民赞，包青天，美名传。
官大小，不清正，坑国家，害百姓。
千人骂，万人咒，世代传，永不休。
爱祖国，人本性，为国家，要尽忠。
国强盛，民有光，国衰弱，民遭殃。
男和女，老与少，壮国威，齐踊跃。
中华魂，炎黄魄，屹东方，显神威。
说修身，谈养性，胸怀宽，心神静。
看问题，要辩证，一分二，牢记清。
正视己，自知明，莫求全，有耐性。
日月久，常自省，历沧桑，自然成。

二、爱情婚姻歌谣

竹 乡 情 歌

深山竹子叶连叶，听到声音不见人。
有情出来应一句，莫要阿哥满山寻。
挖笋不到跟竹根，恋妹不到等年添。
等得时来有凳坐，阿妹就在郎身边。

情　　歌

（一）

好久未到这里来，满湖荷花开得乖。
心想下水摘一朵，生怕莲妹喊滚开。

（二）

好久没到渔村来，树树鲜桃长得乖。
心想讨个鲜桃呷，脸红心跳口难开。

（三）

湖中行船不用篙，河里挑水不用瓢。
哥妹相爱不用媒，自己双双搭鹊桥。

（四）

断黑停船上岸来，手拿杨柳伴河栽。
如果情哥不熟路，杨柳就是指路牌。

（五）

湖边一朵水仙花，看见樵哥笑哈哈。
樵哥对它招招手，一定把它采回家。

（六）

妹妹划船顺水流，哥哥拉网慢慢收。
两人相望笑一笑，一股暖流涌心头。

（七）

望见对河牡丹开，越是爱它它越乖。
只愿观音心发善，移得牡丹园里栽。

（八）

清早出门到河边，东瞧西望不见船。
望了九天妹不到，再望九百九十天。

（九）

妹妹划只小篷船，撒网捕鱼抢在先。

要问劲头哪里来？哥哥跟随在后边。

（十）

情哥情妹划条船，情妹在后哥在前。
两片桨页同下水，情投意合心相连。

（十一）

湖边杨柳发嫩荪，初次相会脸发红。
千言万语难开口，几多情意在心中。

（十二）

情哥划船近边来，情妹见了眼发呆。
风吹浪花船底滚，心里有话口难开。

（十三）

八月十五是中秋，哥妹对面坐船头。
同呷月饼同赏月，心里好像糖水流。

（十四）

妹是荷花色色鲜，哥是莲藕节节甜。
荷花莲藕连根长，哥妹相好到百年。

（十五）

哥哥妹妹下湖来，笑笑嘻嘻把藕栽。
等到湖藕拔成节，喜看莲花并蒂开。

（十六）

一轮明月照渔船，哥妹相会心里甜。
同饮一杯中秋酒，抬头喜看月儿圆。

（十七）

朵朵荷花红又红，湖上好似飞彩云。
哪朵荷花最好看，只有情哥最留心。

（十八）

哥哥放鸭唱支歌，妹妹划船伴边梭。
心想喊哥船上坐，只怪河边人眼多。

（十九）

园里松柏四季青，哥妹相好心要真。
要做洞庭长流水，莫学杨柳一时新。

（二十）

泥鳅难钻牛角尖，牯牛难上采莲船。
老鼠难啃水底藕，懒鬼难得找姣莲。

（二十一）

七月荷花正当时，哥不勤奋到几时。
一年一年人老了，千金难买少年时。

（二十二）

渡过九十九条河，走过九十九道湾。

九哥找妹不怕久，再过九十九座滩。

（二十三）

哥在河边把柴挑，妹在河里把船摇。
哥的眼睛盯着妹，妹在船上把手招。

（二十四）

自己掌舵有主张，自己栽花四季香。
自己做主找对象，夫妻和睦爱情长。

（二十五）

十指尖尖捧茶杯，送郎一去几时回？
路上野花郎休采，家中还有一枝梅。

（二十六）

郎系有情妹有心，铁杵磨成绣花针。
郎系针来妹系线，针行三步妹来寻。
郎系有情妹有意，不怕山高水又深。
山高自有人开路，水深自有撑渡人。

（二十七）

妹坐船头手拿针，要为情哥绣枕巾，
一绣湖边红日出，二绣龙船闹洞庭，
三绣堤边杨柳绿，四绣湖洲芦苇青，
五绣荷叶随风摆，六绣莲花满塘红，
七绣水上鸬鹚跑，八绣河里鱼成群，
九绣沙滩白鹭飞，十绣鲤鱼跳龙门，

绣好枕巾送给哥，哥哥可知妹的心？

五　更　响

一更里呀有声响，情哥来到奴门上。
爹娘问奴啥子响，"好糊涂的爹呀，
好糊涂的娘，风吹门吊儿响叮当"。

二更里呀有声响，情哥进了奴绣房。
爹娘问奴啥子响，"好糊涂的爹呀，
好糊涂的娘，狗儿翻倒哇案板响"。

三更里呀有声响，情哥坐在竹椅上。
爹娘问奴啥子响，"好糊涂的爹呀，
好糊涂的娘，猫儿捉鼠跳上墙"。

四更里呀有声响，情哥和奴拉家常。
爹娘问奴啥子响，"好糊涂的爹呀，
好糊涂的娘，奴家口渴吃冰糖"。

五更里呀有声响，情哥走出奴绣房。
爹娘问奴啥子响，"好糊涂的爹呀，
好糊涂的娘，隔壁王婆烧早香"。

探　妹

正月探妹正月正，我同小妹看花灯。
看你是真的哟，看你是真心。

喜 鹊 恋 梅

姐儿好比一树梅，微微颤。
郎是喜鹊空中飞，颤微微。
喜鹊落到梅树上，石头再打也不飞。

摘 花 椒

姐望门前一树椒，手搓辫儿脸发烧，要去摘花椒。
人又矮，树又高，摘又摘不到。花椒刺锥了姐的手，
忙拿花针请郎挑。

小郎接过绣花针，望着姐儿微微笑，赶忙把刺挑。
轻轻拨，慢慢挑，问姐痛不痛？
姐儿抿嘴眯眯笑："哥哥挑刺为我好。"

情 歌 对 唱

男：我的山歌月样圆，唱得山河团团转，
　　唱得百鸟不开声，唱得百花羞开颜。
　　隔河牡丹闹盈盈，情郎采花怕水深，

　　找根竹竿把水探，唱个山歌试妹心。

女：郎想采花及早采，郎想爱妹莫等待，
　　春二三月花正好，四月山茶已不开。
　　口唱山歌心有情，对山郎子细细听，
　　郎子若有真情意，山歌是我做媒人。

男：高山峻岭路迢迢，会妹翻山又过坳，
　　山高水深郎不怕，只怕妹心被人挑。

女：高山峻岭路迢迢，劝郎快把疑心消，
　　山高水深郎不怕，哪怕妹心旁人挑。

男：一恋小妹过山巅，高高山头高高天，
　　有心想爱有心恋，不怕山高隔重天。
　　二恋小妹过山坡，野草丛丛荆棘多，
　　野草荆棘难相阻，手挥柴刀砍出路。
　　三恋小妹过大溪，溪阔无船不泄气，
　　有情有意隔不断，一根木头漂过溪。

女：郎也恋来妹也恋，要恋就要恋百年，
　　谁个百年差一日，要闹闹到阎王殿。

男：拉开硬弓射出箭，箭过大山把崖穿，
　　崖石里头有七字：生生死死情不变。

女：一园葡萄一根藤，一朵牡丹一个芯，
　　一枚钢针一个眼，阿妹只爱一个人。
　　郎心愿，妹心愿，不怕旁人生恶言，
　　恶言好比浪打船，把紧船舵稳稳来。

男：郎愿妹愿结姻缘，日日双双落田园。
　　双双出门双双归，累死累活心也甜。

女：情郎来到妹子家，莫怪妹子不烧茶。
　　等到爹娘落田去，茶壶暖酒酒当茶。

男：妹子歌声实在妙，好似阳鸟把春叫。
　　神仙一听落了凡，郎子听了满山找。
女：妹在寮里点松明，门外传来郎歌声。
　　山歌好比松明灯，亮了屋子明了心。
男：春风吹来树枝摇，郎在山坡吹短箫。
　　明的吹个呼牛调，暗的是把妹子招。
女：正月十五闹新春，万家欢乐舞龙灯，
　　郎是龙头前头引，妹是龙身紧相跟。

绣 花 歌

左手把来右手绣，绣花原来轻轻手。
一绣牡丹穿金菊，二绣鲤鱼清江游。
三绣芙蓉盆中种，四绣蜂蝶串花柳。
五绣五子登科第，六绣八仙来祝寿。
七绣香山九老酒，八绣唐皇游中秋。
九绣子玩明月兔，十绣狮子弄彩球。
别样花名女都绣，哪能猜得此中情。

扇 子 歌

一把扇子七寸长，一人打扇两人凉，
两人凉来两人凉，想坏家中少年郎。
二把扇子骨里黄，一面姐来一面郎，
郎想姐来姐想郎，两人想得脸发黄。
三把扇子骨里青，一面兔来一面鹰，
鹰赶兔来兔躲鹰，一心想郎哪甘心。

四把扇子骨离渣，一面鱼来一面虾，
一面金鱼来戏水，一面草中坐拱虾。
五把扇子五月五，邻郎邻姐来相抚，
上到床里甜如蜜，下了床是好邻里。
六把扇子六枝花，情哥爱我我爱他，
情哥爱我年纪小，我爱情哥一枝花。
七把扇子狗咬狗，情哥拉住姐姐手，
姐叫情哥松了手，你我恩爱在后头。
八把扇子八根丝，扇上题了两面诗，
一面写得相思苦，一面写得苦相思。
九把扇子白如雪，装袋烟儿给郎吸，
情哥三口神如仙，妹也三口鼻出烟。
十把扇子红又红，留给妹妹扇蠓虫，
扇了蠓虫高挂起，下有情哥刮狂风。

别　　歌

想你情无了日，这去难得逢你面。
你在一方我一处，宛似牛女真凄然。
日日忧，忧不得来歌相凑，
时时挂，挂得心头坏精神。
日落西，看去那方心又动，
三更到，翻覆睡床不成眠。
愁在心，闲人那知我肚内，
现出意，都如学堂深殷勤。
前时候，弹弦合箫音相凑，
到今日，以致迫我伤心田。

上后坡，见丛槟榔心又挂，
看那迹，割断腹肠真可怜。
日间两人相分拆，少说多久知紧忆。
无端借问来相遇，千万莫忘我话语。

新　娘　歌

月儿弯弯照新房，十家新房九家荒。
新郎打工去城市，留下新娘守空床。
新娘新娘在家忙，家里家外挑大梁。
下田学开农用车，回家又养猪和羊。
汗水湿了新衣裳，日头晒黑俏面庞。
新郎新郎怎么样，莫忘家中苦新娘。
在外莫与人争强，更莫贪恋野花香。
只愿平安早回转，夫妻一起奔小康！

看见你流泪

那时候夕阳下总有风轻轻吹，
那时候的夜晚总有月色如水。
厂道上我和你步步相随，
你的秀发在夕阳下长长地飞，
你的笑声在月光下清清脆脆，
林荫下我和你紧紧依偎。
每当我们工作劳累，
你给我揉揉肩，
我给你敲敲背；

每当我们受了委屈，
我给你讲讲笑话，
你给我好言抚慰。
你常常这样对我说，
做人只求问心无愧。
哦，我纯洁的小妹妹。

下岗后我和你到处寻找职业，
为生存为前途我们无路可退。
我们的心都已伤痕累累，
我险些堕落深渊中自暴自弃，
你曾经走在边缘上金迷纸醉，
多少伤感把我们紧紧包围。

重逢的惊喜掩不住，
你的满脸憔悴，
我的满怀疲惫。
多想再给你揉揉肩，
再让你敲敲背，
找回你满脸妩媚。
我能看见你流泪，
你是否知道我心碎。
哦，我忧伤的小妹妹。

重逢的惊喜掩不住，
你心中的伤痕，
我脸上的疲惫。

多想与你从头再来，
我不怕再苦再累，
风雨人生相依偎。
我能看见你流泪，
你是否知道我心碎。
哦，我多情的小妹妹。

重逢的惊喜掩不住，
我心中的沧桑，
你脸上的泪水。
多想再让你揉揉肩，
再给你敲敲背，
天涯海角紧相随。
我能看见你流泪，
你是否知道我心碎。
哦，我可爱的小妹妹。

思　　念

黝黑的脸庞，憨厚的笑脸，
洪亮的声音，让我常怀念。
离别的情景，仿佛在昨天，
如今和阿哥，已天各一边。
梦中的阿哥，笑得依然甜，
宽阔的肩膀，让我常想念。
他乡的月亮，是否一样圆？
对你的呼唤，一遍又一遍。

阿哥啊阿哥，你可听得见？
小妹妹对你，每夜的思念。
旧日的时光，烙在心里面，
多想能一起，回到那从前。
阿哥啊阿哥，你可听得见？
小妹妹对你，每夜的思念。
天南和地北，一年又一年，
祝福你如意，快乐每一天。

国　策　篇

实现四个现代化，两种生产一起抓。
物质生产要发展，人口生产要计划。
人口超过十三亿，国家负担实在大。
人均耕地年年减，国民收入白增加。
计划生育好处多，利国利民又利家。
生育孩子有计划，人均收入年年加。
少生快富奔小康，文明家庭人人夸。
人口警钟时时敲，计划生育天天抓。
党员团员齐带头，天下难事也不怕。
基本国策要实现，全靠大家少生娃。

婚　姻　篇

夫妻感情是基础，一相情愿不长久。
男女平等是原则，男尊女卑要不得。
一夫一妻是制度，一夫多妻应铲除。

婚姻自由是保证，非法婚姻应更正。
计划生育是义务，生育政策要遵守。
法定婚龄要牢记，申请结婚要登记。
晚婚年龄要记住，女二三来男二五。
近亲结婚要禁止，优生优育传佳子。
婚前教育要细听，生活和谐有激情。
婚前健康要检查，婚后美满幸福家。

生 育 篇

男女结婚有法律，夫妇生育有条例。
未婚先孕不允许，育龄青年记心里。
无论一胎或二胎，先领证来后生孩。
女子二五到二七，正是生育好时期。
提倡夫妻生一胎，优生优育幸福来。
生育二胎有条件，符合条件间五年。
生育孩子别胡来，政策不批第三胎。
怀孕哺乳好环境，孩子健康又聪明。
性别鉴定不允许，重男轻女不可取。
生男生女都一样，人人都能成栋梁。

避孕节育篇

避孕知识要掌握，男用女用种类多。
根据情况来斟酌，夫妇双方应配合。
外用药膜避孕套，不怕麻烦要做到。
口服避孕要坚持，安全避孕勿大意。

皮下埋植技术新，避孕五年请放心。
上环简单既方便，经济实惠又安全。
男扎女扎效果同，需要怀孕可再通。
查环查孕要定时，发现怀孕有措施。
补救措施要尽早，减少痛苦康复早。
避孕节育做得好，身体健康心情好。

优生优育篇

人口素质要提高，优生优育很重要。
晚婚晚育新观念，婚前健康结良缘。
生男生女有科学，X 和 Y 来结合。
近亲青年莫相恋，生个孩子有缺陷。
有病治愈再怀孕，戒烟戒酒利优生。
孕妇用药莫乱来，防止畸形和怪胎。
十月怀胎要愉快，优良环境利于孩。
分娩孩子要住院，母婴生命最安全。
怀孕哺乳细调好，孩子美丽又漂亮。
儿童成长靠指导，健康聪明智商高。

计 生 歌 谣

（一）

计生工作常宣传，育龄妇女润心田。
法律法规为指导，依法生育记心间。
计划生育好政策，惠泽后代如蜜甜。

育龄健康为人民，优生优育苗儿鲜。
可用资源实有限，生态环境也堪忧。
计划生育利民众，遵纪守法我为先。
出生数量需控制，人口素质要提高。
依法生育有保障，违规多生受惩罚。
基本国情记心间，时时体现在行动。
夫妻和睦万事兴，尊老爱幼喜洋洋。
生男生女都一样，女儿同样传后人。
关爱女孩新风尚，抛弃女婴法不容。
顺其自然育后代，家庭和睦乐融融。
怀孕期间多照料，丈夫身上责任重。
加强运动重营养，关心后代记心中。

（二）

计划生育硬是好，要想幸福必须搞。
潇潇洒洒来人间，莫把枷锁颈上套。
过去人们结婚早，妻子成了育儿煲。
轮番几次受尽罪，面容憔悴人苍老。
大的刚会地上跑，小的呀呀怀中抱。
肚里生命已数月，眼看又添淘气宝。
夫妻奔波忙碌跑，全家缺穿吃不饱。
孩子大了无学上，斗大之字认不到。
后代完婚一样早，生儿育女犹赛跑。
儿媳头年生长子，婆婆次年幺儿抱。
包袱沉重不堪负，分家儿媳施计巧。
后人不孝也难怪，劳累命运无处逃。
待到幺儿未成人，两老驼背白发罩。

忍辱负重累一生，提前黄泉去报到。
妙在国策英明好，生儿育女解放了。
有计有划育后代，小孩均是怀中宝。
吃的精华食谱广，穿的漂亮多又好。
各种玩具一大堆，耐心呵护好苗苗。
爷爷抱着亲不够，奶奶喜逗乐陶陶。
外公外婆常来看，眉开眼笑嘴上翘。
上园上学奔重点，毕业至少大学校。
智力投资育新人，利国利民福祉造。
父子一路兄弟样，母女逛街姐妹貌。
青春永驻体力旺，酷帅靓丽人不老。
闲情逸致爱好广，诗词书画跳舞蹈。
生活充实又快活，胜过神仙乐逍遥。
千言万语国策妙，千歌万曲生育巧。
华夏儿女齐声道：计划生育真是好！

（三）

天上星，亮晶晶，挂在天空放光明，
多像宝宝的小眼睛。
小眼睛，亮晶晶，挂在心空放光明，
那是妈妈心中的灯。
心中的灯，永远亮，计划生育不能忘，
优生优育保健康。
保健康，快长大，学校是你第二个家，
义务教育学文化。
学文化，练本领，练好本领好生存，
成人成才天上星。

（四）

计生工作常宣传，育龄妇女润心田。
法律法规为指导，依法生育记心间。
计划生育好政策，惠泽后代如蜜甜。
育龄健康为人民，优生优育苗儿鲜。
计划生育利民众，遵纪守法我为先。
出生数量需控制，人口素质要提高。
依法生育有保障，违规多生受惩罚。
基本国情记心间，时时体现在行动。

三、卫生健康歌谣

健康十训歌

少肉多菜，少盐多醋。
少糖多果，少食多嚼。
少衣多浴，少欲多施。
少忧多眠，少车多走。
少怒多笑，少坐多动。

健康十害歌

好色贪财，烟酒过度。
好逸恶劳，劳累过度。
熬夜打牌，电视看久。
起居无节，运动不足。
懒惰易怒，以车代步。

卫 生 歌 谣

健康促进项目来，亿万农民喜开怀。
万众一心齐行动，健康促进小康来。

预防手足口病歌谣

手足口病会传染，做好防控是关键。
严格控制传染源，传播途径要切断。
易感儿童要保护，合理饮食多休息。
公共场所需防范，人多容易被感染。
流行季节常通风，室内空气要新鲜。
坚持消毒不放松，卫生死角要常清。
保证晨午晚三检，病假追踪不怠慢。
饭前便后要洗手，养成卫生好习惯。
多吃蔬菜和水果，增强体质要锻炼。
手足口病不可怕，认真防范靠大家！

婴儿腹泻补液盐

叫大嫂，听我言，腹泻脱水很危险。
为了孩子保平安，积极治疗别怠慢。
母乳喂养要坚持，"空肚"只能把病添。
适当增加喂饮料，菜汤、米汤和稀饭。
抗脱水，有灵丹，请用口服补液盐。
水样便后及时补，自制饮料很方便。

啤酒瓶，做量具，四盖糖来半盖盐。
再把一瓶温水添，搅匀放凉制作完。
少量分次慢慢喂，千万不要大口灌。
婴儿腹泻得控制，宝宝和妈妈笑开颜，笑开颜。

食 粥 歌

世人皆想学长年，不知长年在眼前。
我学宛丘平易法，且将食粥致神仙。
旦食少许淡米粥，甚益人，足津液。

口 味 歌

安徽甜，湖北咸，福建浙江咸又甜。
宁夏河南陕甘青，又辣又甜外加咸。
山西醋，山东盐，东北三省咸带酸。
黔赣两湘辣与蒜，又辣又麻数四川。
广东鲜，江苏淡，少数民族不一般。

食 疗 歌

盐醋防毒消炎好，韭菜补肾暖膝腰。
萝卜化痰消胀气，芹菜能降血压高。
胡椒驱寒又除湿，葱辣姜汤制感冒。
大蒜抑制肠炎病，绿豆解暑最为佳。
香蕉通便解胃火，健胃补脾食红枣。
番茄补血美容颜，食蛋益智营养高。

花生能降胆固醇，瓜豆消肿又利尿。
鱼虾能把乳汁补，动物肝脏明目好。
生津安神数乌梅，润肺乌发良核桃。
蜂蜜润燥又益寿，葡萄生色令年少。

健康饮食歌

一杯酸奶一碗浆，四杯绿茶保健康。
时常喝杯葡萄酒，有益心脏气血旺。
常饮蘑菇骨头汤，增强免疫不寻常。
多食木耳血不稠，大蒜切片抗癌王。
还要常吃西红柿，炒蛋做汤驱病狂。
玉米当做黄金物，卵磷亚油含量高。
荞麦燕麦与小米，降脂降压又降糖。
加上南瓜与苦瓜，红薯山药亦逞强。
长期食用胡萝卜，准保健美脸放光。
常食浓缩亚麻酸，补脑增忆护眼睛。
食鸡食鱼又食虾，动物越小越营养。
搭配青菜与水果，有氧运动不能忘。
当笑则笑心情好，健康快乐喜洋洋！

合理膳食谣

细嚼慢咽饭菜香，营养恰当不肥胖。
饭前喝汤，苗条健康；饭后喝汤，越喝越胖。
五谷杂粮经常有，牛奶蔬菜与黄豆，
一个鸡蛋加点肉，平衡合理营养优。

饮食安全歌谣

饥饿时，嘴莫馋，洗净手脸再用餐。
重三餐，不偏食，少鱼少肉少糖盐。
细咀嚼，慢下咽，这样身体才康健。
吃瓜果，先洗净，预防农药传染病。
小摊位，要远离，三无食品不干净。
细小物，注意玩，千万别往口中含。
有异物，进气管，弯腰拍背头下转。
中毒时，先催吐，然后赶紧去医院。
讲卫生，好习惯，健健康康保平安！

食品安全歌谣

（一）

小朋友，进学校，学知识，长本领。
文化知识要学好，健康安全也重要。
病从口入危害大，食品质量数第一。
食品挑选要细心，三无食品需留意。
苏丹红、吊白块，样样都是有害物。
看清厂家出厂期，切莫超过保质期。
小摊小贩莫相信，卫生更是难放心。
油炸腌制要少吃，健康危害正面临。
饮料冷饮有节制，损害牙齿吃坏肚。
安全意识人人有，争当食品小卫士。

（二）

老乡们，你们好，食品安全要记牢。
购买食品仔细看，过期变质不能要。
质量安全有标志，ＱＳ标志要看到。
散装食品要注意，味异色怪有蹊跷。
购置食品要索票，发生问题有处找。
低价质次小食品，健康安全难确保。
有照有证可以进，无照摊贩不牢靠。
发现问题及时报，"3·15"来讨公道。
回去要同亲友讲，食品安全均知晓。
安全意识从小抓，和谐幸福大家好。

（三）

食物中毒重预防，功夫完全在日常。
饭前便后要洗手，卫生习惯要优良。
专用餐具专人用，饭后洗净袋内装。
生吃蔬菜与瓜果，洗净削皮不能忘。
夏天本是高发季，保持警惕别松缰。
熟食冷荤剩米饭，海鲜凉拌重点防。
不吃腐烂变质物，不食病死猪牛羊。
饭菜食前要热透，餐后烧开再储藏。
生熟食品要分开，生熟工具别混放。
交叉污染手易脏，洗净才可少祸殃。
生猛海鲜要适量，野生动物不轻尝。
把好病从口入关，身体永远保健康。

身心健康谣

早起床，勿急动，松静匀乐状态好。
用眼睛，要适度，眼保健操不可少。
左右手，写小楷，坐姿端正才健脑。
莫吸烟，莫饮酒，正确刷牙齿患跑。
常护肤，常洗澡，充足睡眠要必保。
莫爬树，莫登高，一旦摔下太糟糕。
私下河，不安全，要去正规游泳馆。
不小心，落入水，口鼻向上头后仰。
浅呼气，深吸气，大声呼救莫惊慌。
入冰窟，莫拍打，双手扶冰呼救援。
冰窟旁，莫直立，匍匐爬行到岸上。
风扬尘，沙进眼，轻拉眼皮任泪流。
被狗咬，速清洗，接种疫苗要及早。
远毒品，防艾滋，洁身自好最重要。
交网友，要慎重，绝不私自去会面。
坏故事，莫要听，黄色书碟更莫看。
心郁闷，别瞒藏，宣泄倾诉心情好。
压力大，难自解，心理医生会帮忙。
写日记，在每日，道德长跑不可少。
爱父母，敬师长，同学互助快乐多。
三千米，坚持跑，天天锻炼身体好！

保 健 歌

人生到了中老年，身体慢慢多病源。
人有健康才有本，养生保健要周全。
一日三餐莫过饱，不要偏重油和盐。
饮食均须莫过急，细细咀嚼慢慢咽。
举杯莫饮过量酒，醉酒伤肝把病添。
吸烟就是自害自，那真好比呷毒丸。
最好槟榔不宜嚼，口腔受损也可怜。
千万千万莫吸毒，沾上毒瘾苦难言。
遇事一定心态好，笑口常开日子甜。
四季卫生要讲究，冷暖衣衫适时穿。
一天到晚少杂念，嫖娼赌博莫沾边。
要使精神常爽快，唱歌跳舞多练拳。
有病早治无病防，保重身体最值钱。
身体健康是幸福，快快乐乐度晚年。

安 康 歌

社会发展，家业兴旺，居安思危，防患经常。
易燃易爆，妥为适放，农药剧毒，严密收藏。
防火防盗，自救联防，防水防震，戒备勿忘。
家用电器，操作得当，生产交通，严守规章。
修房缮舍，科学规划，占用宅地，手续合法。
坐落向阳，出路通达，水电齐备，样式典雅。
厅厨房室，舒适居家，圈圈床厕，布设有法。

黎明洒扫，里外清爽，洗漱沐浴，身轻气畅。
物具整洁，按序摆放，环境优美，悦目馨香。
劳逸结合，起居有常，饮食得当，注意营养。
病从口入，时刻预防，勤观天候，增减衣裳。
坚持锻炼，有益健康，文化娱乐，心情舒畅。
伤病早医，不要逞强，引发顽疾，后果不良。
神巫骗术，游医邪方，迷信上当，雪上加霜。
相信科学，保健经常，人有健康，家有小康。

老年养心歌

人老年事高长，注意心身涵养。
编支养心之歌，献给长者思量。
人间运动永恒，身体锻炼经常。
待人处事接物，做到心情舒畅。
疾病挫折坎坷，务须达观开朗。
邻里以和为贵，不要舌战唇枪。
年老乐不至极，万勿过分悲伤。
暴怒血压升高，牢骚肝损脾胀。
即使蒙冤委曲，冷静处置何妨。
心平气和愉快，长寿幸福健康。

养 气 谣

多读书以养胆气，少忧虑以养心气。
戒发怒以养肝气，薄滋味以养胃气。
唯谨慎以养神气。

养 生 谣

（一）

日出东海落西山，愁也一天，喜也一天。
遇事不钻牛角尖，人也舒坦，心也舒坦。
领取几许退休钱，多也不嫌，少也不嫌。
少荤多素日三餐，粗也香甜，细也香甜。
新旧衣衫不挑拣，好也御寒，赖也御寒。
常与知友聊聊天，古也谈谈，今也谈谈。
全家老少互慰勉，贫也相安，富也相安。
内孙外孙同待看，儿也喜欢，女也喜欢。
早晚操劳勤锻炼，忙也乐观，闲也乐观。
心宽体健养天年，不是神仙，胜似神仙。

（二）

洒脱，是养心第一法。
谦退，是保身第一法。
安静，是处事第一法。
涵容，是待人第一法。
自处超然，处人蔼然。
无事澄然，有事决然。
得意淡然，失意泰然。
有才而性缓，定属大才。
有勇而气和，斯为大勇。
有作用者，气宇定是不凡。

有受用者，才情泱然不露。

意粗性暴，一事无成。

心平气和，万祥骈集。

以和气迎人，则乖沴灭。

以正气接物，则妖氛清。

以浩气临事，则疑畏释。

以静气养身，则梦寐恬。

观操守在利害时，观度量在喜怒时。

观存养在纷华时，观镇定在震惊时。

寡欲故静，有主则虚。

大事难事看担当，临喜临怒看涵养，
群行群止看识见。

一　字　谣

晨起一杯水，到老不后悔。

常吃一点蒜，消毒又保健。

每餐一点醋，不用上药铺。

多吃一点姜，益寿保安康。

每天一只果，老汉赛小伙。

乱吃一顿伤，会吃千顿香。

饭前一碗汤，胜开好药方。

饭后一支烟，损肝把胃伤。

多练一身功，老来病少生。

练出一身汗，小病不用看。

干净一身轻，不净百病生。

一药一个性，乱服会丧命。

无病一身福，有才万事亨。
要活一百多，心胸必开阔。

保健三字歌

人之初，寿本长。重养生，身体壮。
轻保健，早衰亡。愿长寿，性先养。
欲淡泊，名利忘。知足乐，心宽广。
莫自悲，多交往。找乐趣，心舒畅。
常聚会，喜洋洋。视贫富，都一样。
穷不卑，富不昂。行善事，不图偿。
讲卫生，有良方。忌熬夜，早起床。
勤洗手，常开窗。不吸烟，酒限量。
七分饱，量适当。多蔬菜，粗杂粮。
高蛋白，低脂肪。低盐分，少吃糖。
要均衡，不肥胖。爱锻炼，身健康。
动与静，宜适量。勿过头，防损伤。
爱文娱，拉弹唱。学跳舞，花园逛。
玩电脑，可上网。动脑筋，痴呆防。
烦恼事，扔一旁。坦荡荡，睡得香。
病早治，先预防。信科学，图自强。
活百岁，有希望。

戒　怒　歌

君不见，大怒冲天贯斗牛，擎拳嚼齿怒双眸，
兵戈水火亦不畏，暗伤性命君知否。

又不见，楚霸王、周公瑾，匹马乌江空自刎，
只因一气殒天年，才使英雄千载忿。
劝时人，须戒性，纵使闹中还取静。
假如一怒不忘躯，亦至血衰生百病。
耳欲聋来又伤眼，谁知怒气伤肝胆。
血气方刚宜慎之，莫待临危悔时晚。

寿 字 歌

寿
有短
也有长
早衰可防
运动是良方
讲卫生防肥胖
戒烟少酒身健壮
坦荡无忧心情舒畅
情绪稳定乐观又开朗
遇怒不要恼遇难不急躁
遇喜勿激动逢急事防慌张
早餐好午餐饱晚餐少食定量
生活有规律健康长寿相得益彰

清字长寿歌

清白的一生德性好，清爽的一身勤洗澡。
清醒的头脑睡得早，清新的空气常晨跑。

清淡的饮食求温饱，清洁的房间多打扫。
清香的烟酒不沾好，清宁的环境无烦恼。
清心的生活情欲少，清亮的眼睛人不老。

现代长寿歌

衣着整洁最当先，新式可穿，老式可穿。
膳食调好饱三餐，细粮香甜，粗粮香甜。
居室布置贵雅观，坐也安然，睡也安然。
晨起锻炼去公园，快走三圈，慢走三圈。
书法练习情趣深，大字一篇，小字一篇。
下棋用脑益寿年，输也三盘，赢也三盘。
运动场上转一转，排球也玩，篮球也玩。
三五知己聊聊天，古也谈谈，今也谈谈。
小孙活泼绕膝前，乐趣无边，喜悦无边。
老夫老妻逛公园，携手并肩，边走边谈。
恩爱夫妻胜当年，比胶还黏，比蜜还甜。
有害嗜好不沾边，烟也不抽，酒也不贪。
豁达大度心地宽，能跑火车，能开轮船。
无忧无虑乐晚年，不是神仙，胜似神仙。

长　寿　歌

干净整洁衣为先，老式能穿，新式能穿。
科学饮食日三餐，粗茶香甜，淡饭香甜。
朴实大方居室雅，睡亦安然，坐亦安然。
体育运动贵坚持，慢跑喜欢，快走喜欢。

琴棋书画益寿年，今天练练，明天练练。
老朋新友聊聊天，古今新鲜，中外新鲜。
有害嗜好别沾边，钱财莫贪，烟酒莫贪。
知足常乐度晚年，天天快活，年年快活。

老 年 乐

过去七十称古稀，如今只算小弟弟。
八十九十随处见，上百寿星不稀奇。
变化原因多来兮，社会进步数第一。
经济来源有保障，得了疾病能就医。
讲营养，学科技，重保健，练身体。
邻里团结心情好，家庭和睦少生气。
未来发展可持续，环保低碳没问题。
药品食品再无假，人均百岁也可期。

老 人 谣

人到老，要服老，自然规律违不了。
人虽老，心莫老，老骥伏枥志气高。
莫叹老，莫惧老，精神不倒人不老。
莫恨老，莫怨老，放声高歌夕阳好。

全国卫生日（月）、世界卫生日科普谣

（一）全国强化免疫日（1月5日）

公共卫生重预防，防患未然是良方。
消灭小儿麻痹症，强化接种固屏障。

（二）国际麻风节（1月份最后一个星期日）

人人献出关爱情，共同抵御麻风病。
麻风可防也可治，偏见恐惧要纠正。

（三）全国爱耳日（3月3日）

爱耳护耳要做好，预防耳聋应及早。
婴儿听力需筛选，千万慎用耳聋药。

（四）世界防治结核病日（3月24日）

全球结核病，蔓延趋势凶。
社会齐动员，防治与监控。
DOTS疗法好，简单又实用。
医生观察下，服药入口中。
不用住医院，治愈结核病。

（五）全国中小学生安全教育日
（3月份最后一周的星期一）

安全教育很重要，中小学生要做到。
保护生命警意外，预防在先效果好。

（六）全国爱国卫生月（4 月份）

更新观念大卫生，动员社会树新风。
除害灭病年年讲，确保疾病不流行。

（七）世界卫生日（4 月 7 日）

世界卫生日，年年有主题。
预防为上策，健康是唯一。

（八）全国计划免疫日（4 月 25 日）

预防接种应及早，无病先防效果好。
五苗能防七种病，一年之内要全套。

（九）世界哮喘日（5 月 3 日）

哮喘病，很常见，坚持治疗是关键。
规范用药遵医嘱，自由呼吸免病患。

（十）全国防治碘缺乏病宣传日（5 月 5 日）

食盐加碘作用大，有效防治碘缺乏。
全民食用加碘盐，后代聪明喜万家。

（十一）中国学生营养日（5 月 20 日）

杂食为先，偏食为忌。
粗食为好，淡食为利。
暴食为害，慢食为宜。
鲜食为妙，过食为痹。
平衡膳食，每日必须。

饮食卫生，生水远离。

不沾烟酒，更需牢记。

（十二）全国母乳喂养日（5 月 20 日）

母乳喂养是法宝，方便经济营养好。

娘俩感情能亲近，孩儿聪明病又少。

婴儿出生头六月，只靠母乳足够喂。

过了六月加辅食，继续母乳到两岁。

（十三）世界无烟日（5 月 31 日）

吸烟危害恶果累，引发疾病是罪魁。

全民动员不吸烟，健康生活到百岁。

（十四）世界环境日（6 月 5 日）

生态破坏与污染，危及生存和发展。

世界各国齐努力，建设地球好家园。

（十五）全国爱眼日（6 月 6 日）

视力健康人健康，眼病多数能预防。

爱眼要从幼时抓，呵护眼睛靠大家。

（十六）世界献血日（6 月 14 日）

医院血源须稳定，献血挽救人生命。

输血过程要安全，无偿献血是保证。

（十七）国际禁毒日（6 月 26 日）

毒品万万不可沾，成瘾便入鬼门关。

人人有责除毒害，禁毒不只靠公安。

（十八）世界人口日（7月11日）

世界人口敲警钟，计划生育莫放松。
关注人群性健康，社会发展更平衡。

（十九）世界预防自杀日（9月10日）

自杀问题灾祸大，危害社会危害家。
针对原因早防治，全民共同制服它。

（二十）全国爱牙日（9月20日）

牙齿疾病太多见，影响健康和美观。
口腔保健新观念，正确刷牙好习惯。

（二十一）国际聋人节（9月份第四个星期日）

防聋面向全社会，儿童老人是重点。
重视病因及时治，珍爱耳朵避感染。

（二十二）国际老人节（10月1日）

老龄人口在增加，老龄社会问题大。
各国各界共关注，尊重老人国际化。

（二十三）全国高血压日（10月8日）

合理膳食要牢记，一二三四五六七。
一袋牛奶二两米，三份蛋白四低脂。
五百克菜六克盐，七杯开水喝到底。
高血压病防为主，生活方式是第一。

把好病从口入关，未来健康属于你。

（二十四）世界精神卫生日（10 月 10 日）

健康不单是没病，更关精神与心灵。
全民动员重预防，患者权益要尊重。

（二十五）国际盲人节（10 月 15 日）

世界盲人几千万，视力障碍上亿人。
防盲治盲莫轻视，根除病症找病因。
多种眼病能致盲，早诊早治早预防。
关爱视力残障人，人间处处有阳光。

（二十六）世界骨质疏松日（10 月 20 日）

骨质疏松有原因，三级预防是根本。
科学保健与干预，健康中年老年人。

（二十七）男性健康日（10 月 28 日）

男性健康要宣传，树立正确两性观。
家庭生活讲质量，男人参与是关键。

（二十八）食品卫生法宣传周（11 月份第一周）

食品安全真重要，法律知识不可少。
食物餐具讲卫生，预防中毒要做到。

（二十九）世界糖尿病日（11 月 14 日）

切莫小看糖尿病，发病年年在攀升。
无知后果代价大，加强防治任务重。

（三十）世界艾滋病日（12 月 1 日）

预防控制艾滋病，要知传染三途径。

血液母婴性传播，洁身自好爱生命。

四、儿童歌谣

春　雨

雨敲斗笠沙啦啦啦，是谁弹响了金琵琶。
我光着脚丫呱嗒嗒嗒，一路追赶着雨花。
雨点沙啦啦啦啦，脚丫呱嗒嗒嗒嗒。
踩呀踩呀踩出了，一幅春天的图画！

摇　啊　摇

摇啊摇，摇得宝宝快快长，宝宝乖，外婆望。
娘抱宝宝看外婆，外婆桥下流水长。
外婆门前叫宝宝，桥下流水响叮当。

摇啊摇，摇得宝宝快快长，长大去把海军当。
开军舰，保海疆，赶走海上野心狼。
你在海上望月亮，妈在家中做衣裳。

红　绿　灯

红绿灯，像嘴巴，我过马路听他话。
红嘴巴说快停下，绿嘴巴说能走啦。

小　板　凳

小板凳，你别歪，让我爷爷坐下来。
我帮爷爷捶捶背，爷爷夸我好乖乖。

拉　大　锯

拉大锯，扯大锯，姥姥家里唱大戏。
接姑娘，请女婿，就是不让冬冬去。
不让去，也得去，骑着小车赶上去。

小　白　兔

小白兔，白又白，两只耳朵竖起来。
爱吃萝卜爱吃菜，蹦蹦跳跳真可爱。

老　鼠　和　猫

八只老鼠抬花轿，两只老鼠放鞭炮。
四只老鼠来吹号，"嘟勒哇啦"真热闹。
老猫听到来贺喜，一口一只全吃掉。

鸟 鸟 飞

鸟鸟丛丛飞，麻雀剥剥皮。
"嘟得"飞了去，飞到山头望大姨。

小 燕 子

小燕子，吱吱吱，面对房主窃细语：
"不吃你谷子，不吃你糜子，
只在你房檐下抱一窝儿子。"

鹅过河，河渡鹅

哥哥弟弟坡前坐，
坡上困着一只鹅，坡下流着一条河。
哥哥说："宽宽的河"，弟弟说："肥肥的鹅"，
鹅要过河，河要渡鹅，
不知是鹅过河，还是河渡鹅？

蜘 蛛

先修十字路，后修转花台；
老爷当堂坐，吃头自己来。

小 花 狗

小花狗，真是脏，不洗脚丫就上床。
问它为什么？它说，忘、忘、忘。

真 稀 奇

稀奇稀奇真稀奇，蚂蚁踩死大公鸡。
爸爸睡在摇篮里，宝宝唱着摇篮曲。

西 红 柿

青竹竿，竹竿青，青青竹竿搭棚棚。
花花叶叶爬满架，架上挂满红灯笼。
西红柿，脸儿红，挂着露珠水灵灵。
又酸又甜营养高，人人见它都高兴。

沙 娃 娃

海滩上，玩金沙，堆起一个沙娃娃。
浪花妈妈看见了，上岸把它抱回家。

一箩麦两箩麦

一箩麦，两箩麦，
三箩打荞麦，四箩噼噼啪。

嘀嘀啪嘀嘀啪，大家来打麦。
麦子多，麦子好，麦子磨粉做糕糕。
糕糕拨啥人吃？糕糕拨囡囡吃！

田 田 斑 斑

脚驴斑斑，脚踏南山。
南山北斗，养活家狗。
家狗磨面，三十弓箭。

椿 树

椿树椿树，你长粗来我长长。
你长粗来做大梁，我长长来穿衣裳！

凑 十 歌

一加九，十只小蝌蚪。
二加八，十只花老鸭。
三加七，十只老母鸡。
四加六，十只金丝猴。
五加五，十只大老虎。

数 数 歌

一根棍子轻轻打，二双筷子里外扒，
三人小组爱说话，四个小兵不害怕，

五个朋友力气大。

树　阿　姨

鸟宝宝，窝里住，吱吱叫，肚子饿。
鸟妈妈，去找食，树阿姨，忙照顾：
树枝轻轻摇鸟窝，树叶沙沙唱支歌。
逗得窝里鸟宝宝，不哭不吵笑呵呵。

珍珍头上百花园

珍珍上山采鲜花，一朵一朵发上插。
兰花草，百合花，凤仙花，月季花，
蔷薇花，牵牛花，辫上缀满了蝴蝶花。
珍珍头上百花园，蜜蜂跟她飞回家。

小　松　树

小松树，真可爱，
不怕寒风紧，不怕烈日晒，
听小鸟唱新歌，看蓝天白云彩，
长啊长啊长，长成一棵栋梁材。

树叶真美丽

柳树叶，像小船，芭蕉叶，像蒲扇，
枫树叶，像星星，槐树叶，像豆瓣，

树叶多，真好看。

野 牵 牛

野牵牛，爬高楼，高楼高，爬树梢。
树梢长，爬东墙，东墙滑，爬篱笆。
篱笆细，不敢爬，躺在地上吹喇叭：
嘀哒嘀嘀哒！嘀哒嘀嘀哒！

小 喇 叭

我是一个小喇叭，从小喜欢喇叭花。
一根藤儿牵着我，花儿一开香万家。

我是一个小喇叭，从小喜欢喇叭花。
一根线儿牵着我，喇叭一响乐万家。

葡 萄 架 下

葡萄水灵灵，睁着大眼睛。
阿姨讲故事，他们也在听。
一个故事一串笑，听得心里甜津津。

伞下嘻嘻哈哈

雨点雨点哗哗，撑开花伞一把，
大伙躲在伞下，伞上噼噼啪啪，

伞下嘻嘻哈哈。

灯 和 星 星

地上亮起，一盏盏街灯，
绚丽多姿，汇成七彩虹。
夜空挂满，一颗颗星星，
闪闪烁烁，眨着眼睛。
呀，灯像星星，星星像灯，
是不是天上，也有一座美丽的城。

静 悄 悄

轻轻走，静悄悄，隔壁小弟在睡觉。
叔叔埋头搞设计，阿姨看书又看报。
好孩子，懂礼貌，别人做事不打搅。

起 床 歌

小宝宝，起得早，睁开眼，眯眯笑。
咿呀呀，学说话，伸伸手，要人抱。

穿 衣 歌

小胳膊，穿袖子，穿上衣，扣扣子。
小脚丫，穿裤子，穿上袜子穿鞋子。

小　镜　子

小镜子，圆又圆，看宝宝，露笑脸。
闭上眼，做个梦，变月亮，挂上天。

小　铃　铛

叮铃铃，叮铃铃，一会远，一会近。
小宝宝，耳朵灵，听铃声，找到铃。

学　画　画

小宝宝，学画画，大蜡笔，手中拿。
画小鸭，叫嘎嘎，画小马，骑回家。

大　鞋　子

大鞋子，像只船，爸爸穿，我也穿。
一二一，向前走，走呀走，翻了船。

逛　公　园

逛公园，宝宝笑，东看看，西瞧瞧。
花儿香，鸟儿叫，小草绿，小树摇。

看 画 报

小娃娃，看画报，睁大眼，仔细瞧。
布娃娃，哈哈笑，伸伸手，要你抱。

搭 积 木

大积木，红黄蓝，小宝宝，最爱玩。
搭火车，钻山洞，盖高楼，连着天。

小 汽 车

小汽车，嘀嘀嘀，开过来，开过去。
小宝宝，当司机，送妈妈，上班去。

爱 粮 食

白米饭，香喷喷，吃饭不忘种田人。
一粒米，不容易，串串汗珠换来的。
小朋友，爱粮食，人人见了都欢喜。

幸福生活哪里来

太阳金亮亮，雄鸡唱三唱。
花儿醒来了，鸟儿忙梳妆，小蜜蜂采蜜糖。
幸福的生活从哪里来，要靠劳动来创造。

月　姐　姐

月姐姐，多变化：初一二，黑麻麻，
初三四，银钩样，初八九，似龙牙，
十一二，半边瓜，十五银盘高高挂。

春　　游

白云白，蓝天蓝，桃花红，麦苗鲜。
手拉手，肩并肩，我们到野外找春天。

四 季 娃 娃

嫩嫩的草芽，是春天的娃娃。
绿绿的荷叶，是夏天的娃娃。
黄黄的稻谷，是秋天的娃娃。
白白的雪人，是冬天的娃娃。
还有你我他，我们都是祖国的好娃娃。

小　戏　迷

小戏迷，真神气，电视擂台比唱戏。
扮个红娘嘻嘻笑，唱段秦香莲泪如雨。
花木兰替父去从军，穆桂英挂帅扛令旗。
黑脸的是包公，红脸的是关羽。
芝麻县官有胆有谋，昌娃人小重情重义。

看得观众入了迷，看得评委说稀奇。
学习祖宗的好东西，得不得第一没关系。

小小足球赛

青草地上绿油油，踢起我们的小足球、小足球。
你在前面攻，我在后面守，小小球儿脚下传，
凌空一倒钩，注意！射门！
哎呀呀，摔了个大跟头。哎！

青草地上绿油油，踢起我们的小足球、小足球。
观众劲头高，人人喊加油，你踢我顶左铲右传，
骗过了守门员，十号！射门！
哈哈哈，球进了大门口。耶！

爸爸打工，妈妈打工

爸爸打工，妈妈打工，
打工者的孩子是我的名字。
高楼在爸爸的双手中天天长高，
街道被妈妈打扮得干干净净。
我的家在五湖四海，
到处都能看到亲人的眼睛呦。

爸爸打工，妈妈打工，
打工者的孩子是我的名字。
城市被爸爸的热汗洒得美丽，

市场在妈妈的辛劳中更加繁荣。
我的家在天南地北，
到处都能感到亲人的热情。

幸 福 的 家

少了妈妈只有半个家，
少了爸爸我也好害怕。
少了爸爸我呀好害怕，
少了妈妈只有半个家。
天上的星星，眨呀眨呀眨，
那是妈妈的眼睛对我说话。
妈妈你离我那样远，
为什么要这样相互牵挂。
天上的星星，眨呀眨呀眨，
那是爸爸的眼睛闪着泪花，
爸爸你离我这样久，
可知道我已在梦中长大。
少了妈妈只有半个家，
少了爸爸我呀好害怕。
有了妈妈和爸爸，
我才有了一个幸福的家。
有了妈妈和爸爸，
我才有了一个幸福的家。

我有一个家

我有一个家，宝贝，爸爸和妈妈。
有天爸妈吵了架，爸爸从此不回家。
妈妈叫我要坚强，再也不要想爸爸，
妈妈要我快长大，不用妈妈多牵挂。
我不要坚强，我不想长大，我要爸妈都回家。
以后不要再吵架，爸爸妈妈都不能少，
三个人才算一个家。

小小中国心

小小中国心，来自父母亲，
父亲和母亲都是中国心。
父亲和母亲都是中国心，都是中国心。
颗颗爱国心，为国为人民，
一代又一代，永远是爱心。
颗颗爱国心，为国为人民。
一代又一代，永远是爱心，
永远是爱心，永远是爱心。
永远永远永远是爱心。

天 下 一 家

你的家，欧罗巴，我的家，亚细亚，

你有蓝眼睛，我有黑头发，
你我携手团聚在五环旗帜下，
奥林匹克是世界语把和平传达。

你家有油彩画，我家有水墨画，
你家送夕阳，我家迎彩霞。
你我一道冲刺在蓝天白云下，
奥林匹克是你我他将友谊表达。
奥林匹克，天下一家。

地球大家爱

小草莫要踩，小花莫要摘。
小鸟莫要逮，小兽莫杀害。
小树要多栽，龙头要少开。
垃圾莫乱扔，地球大家爱。

电脑宝宝来我家

电脑宝宝来我家，我们全家欢迎他。
爸爸上网学知识，妈妈上网学画画。
我在网上学儿歌，还把彩照往上发。
网上游戏我不贪，学习成绩顶呱呱。

学 电 脑

学电脑，用鼠标，电脑里头还有猫。

黑猫白猫把岗站，轻点鼠标到处转。

听我说句话

老爸和老妈，听我说句话，
我是大班生，幸福乐开花。
国家在强大，世界在变化，
放下动漫画，我要努力啦！
不靠你，不靠他，也不靠爸妈！

老爸和老妈，听我说句话，
我是大班生，压力也蛮大。
我需经风雨，我就要长大，
看完阿凡达，我要奋斗啦！
天不怕，地不怕，努力为国家！

图书在版编目（CIP）数据

新农村歌谣集锦 / 裘樟鑫主编. —杭州：浙江工
商大学出版社，2012. 2
ISBN 978-7-81140-465-4

Ⅰ. ①新… Ⅱ. ①裘… Ⅲ. ①民间歌谣—作品集—
中国—当代 Ⅳ. ①I277. 2

中国版本图书馆 CIP 数据核字（2012）第 026266 号

新农村歌谣集锦

裘樟鑫　主编

责任编辑	钟仲南
责任校对	丁兴泉
封面设计	汪　俊
责任印制	汪　俊
出版发行	浙江工商大学出版社
	（杭州市教工路 198 号　邮政编码 310012）
	（E-mail：zjgsupress@163. com）
	（网址：http：//www. zjgsupress. com）
	电话：0571－88823703，88904923（传真）
排　　版	杭州朝曦图文设计有限公司
印　　刷	杭州恒力通印务有限公司
开　　本	787mm×960mm　1/32
印　　张	6.5
字　　数	135 千
版 印 次	2012 年 2 月第 1 版　2012年5月第2次印刷
书　　号	ISBN 978-7-81140-465-4
定　　价	18. 00 元